KB262386

천중 귀환록 13

푸른 하늘 장편 소설

초판 1쇄 찍은 날 § 2012년 10월 25일
초판 1쇄 펴낸 날 § 2012년 10월 31일

지은이 § 푸른 하늘
펴낸이 § 서경석

편집부장 § 권태완
편집책임 § 박우진
디자인 § 이혜정

펴낸곳 § 도서출판 청어람
등록번호 § 제1081-1-89호
등록일자 § 1999. 5. 31
어람번호 § 제1-1476호

주소 § 경기도 부천시 원미구 심곡2동 163-2 서경B/D 3F (우) 420-822
전화 § 032-656-4452 팩스 § 032-656-4453
http://www.chungeoram.com
E-mail § chungeorambook@daum.net

ISBN 978-89-251-3046-0 04810
ISBN 978-89-251-2696-8 (세트)

THE RECORD OF RETURNER

현중 귀환록

13

강림

푸른 하늘 장편 소설

FUSION FANTASTIC STORY

CONTENTS

Chapter 1 신이란 존재　　　　　　7

Chapter 2 결심　　　　　　　　35

Chapter 3 무기를 줄게　　　　　63

Chapter 4 추적　　　　　　　　91

Chapter 5 마족 대항 무기　　　121

Chapter 6 마음을 열다　　　　147

Chapter 7 낚시질　　　　　　177

Chapter 8 걸린 고기는 잡아라　215

Chapter 9 복수　　　　　　　239

Chapter 10 지금까지 속았다　273

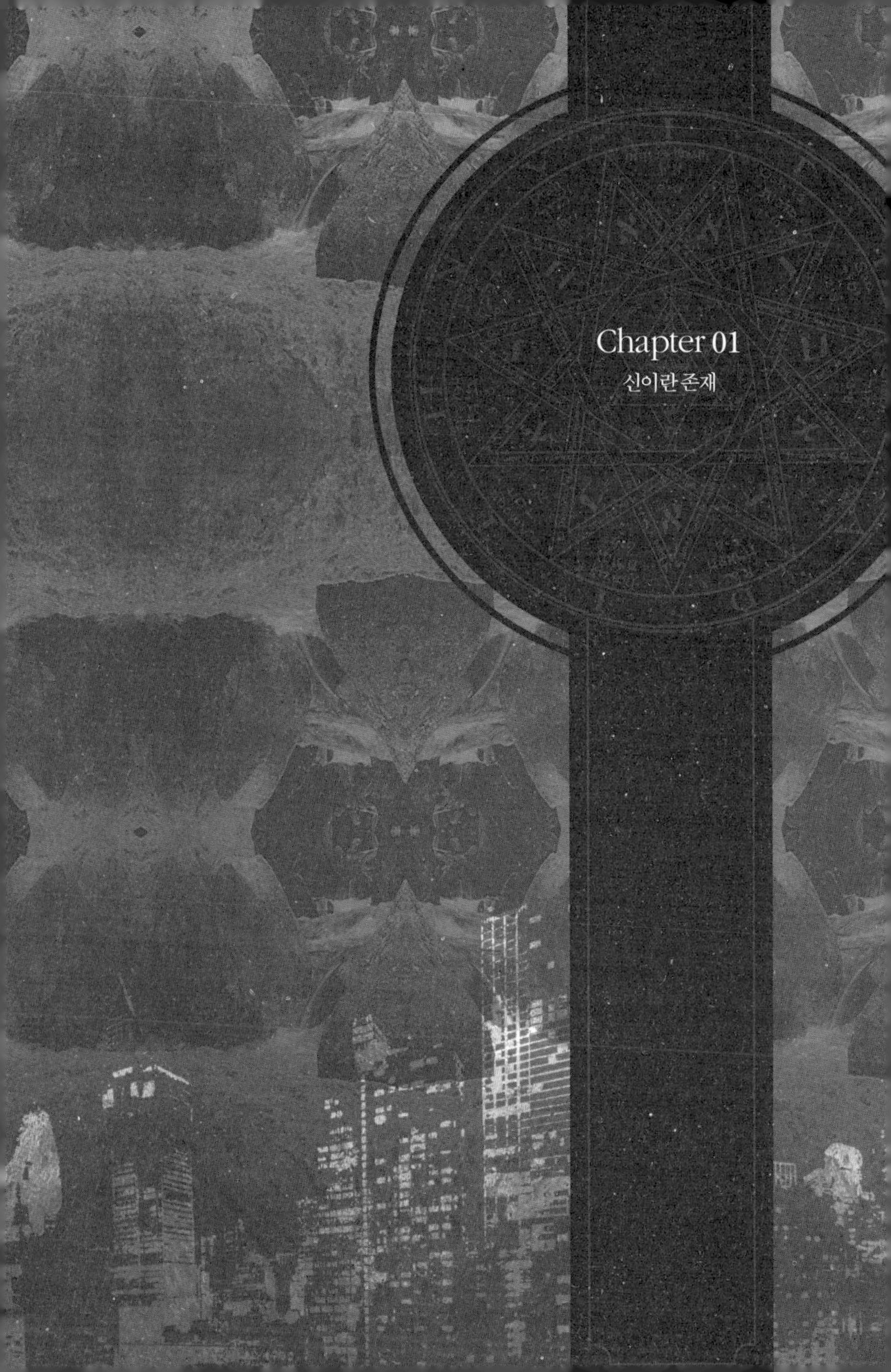
Chapter 01
신이란 존재

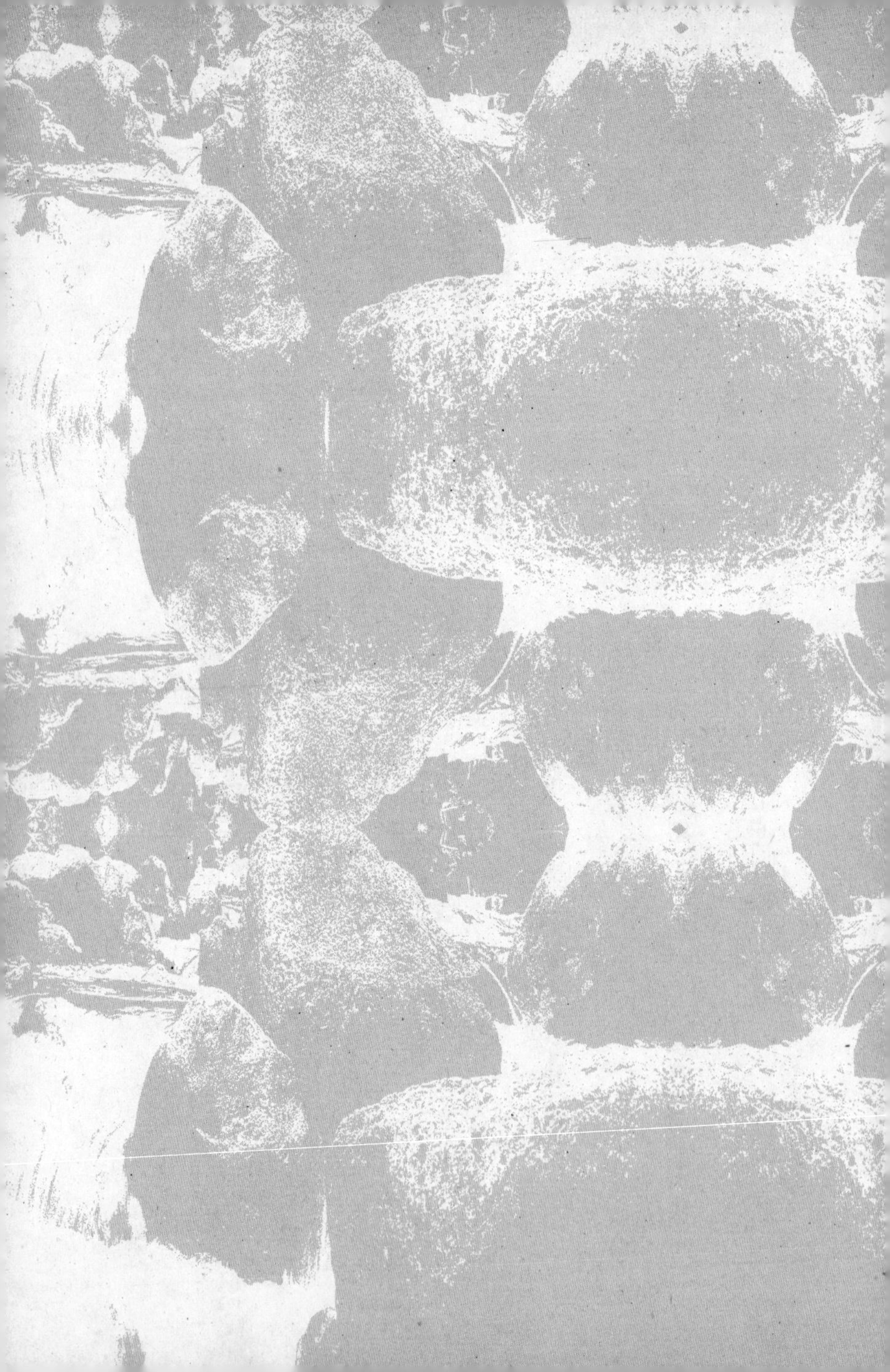

  간신히 서 있을 수 있을 듯한 좁은 돌 위에서 현중은 감고 있던 눈을 살며시 떠 주변을 바라보았다.

  새벽안개가 깊게 드리워진 호수. 그 중심에 홀로 서 있는 신비스러운 분위기의 현중은 다시 눈을 감았다.

  "마지막 시험이 처음부터 짜인 각본이었습니까?"

  허공을 향해 나직이 현중이 물었지만 대답은 들려오지 않았다.

  "역시 난… 아닌가 보군요."

  현중은 이미 어렴풋이 알고 있었다. 자신이 질문을 한다고 그분이 대답을 해주지 않으리란 것을 말이다.

신의 반열에 올라야 겨우 들을 수 있는 목소리다. 그런데 아직 인간의 몸을 가지고 있는 현중이 그분의 목소리, 마나의 목소리를 들을 수 있으리라고는 애초에 생각하지 않고 있었던 것이다.

하지만 묻고 싶었다. 자신이 태어나서 살아온 모든 인생 자체가 당신이 만들어놓은 시나리오였는지 말이다.

만약에 그렇다고 한다면, 만약에 그렇다면 현중은…….

꾸욱.

주먹을 움켜쥐고는 한숨을 쉬더니,

"제가 만약… 당신을 만나게 된다면 각오하십시오. 당신의 면상을 시원하게 날려 버려야 기분이 풀릴 테니 말입니다."

휙!

현중은 그 말을 끝으로 몸을 돌려 등을 보인 다음 천천히 물위를 걸어서 안개 속으로 사라져 버렸다.

그렇게 현중이 없어지고 나서야 현중의 정면에 있던 안개 속에서 치우천왕이 모습을 드러냈다.

[그분의 뜻을… 네가 알게 된다면… 아마 신을 저주할지도 모른단다. 하지만 이해해야만 한다. 그분은 결코… 지구를, 아니, 인간을 미워해서 떠난 것이 아니라는 것을 말이다.]

[흥! 어차피 속 좁은 녀석이니 자기 혼자 생각하고 상상하

다가 결정 짓겠지.]

치우 뒤로 모습을 드러낸 남자 차원자는 현중의 건방진 말에 화가 난 듯 퉁명스럽게 내뱉었다.

하지만 그의 눈동자는 한없이 서글퍼 보였다.

[현중 아이는 이미 우리와 동등한 힘을 가지고 있지만… 스스로가 마지막까지 인간임을 버리지 못하는군요.]

치우가 현중의 모습에 살짝 슬픈 듯 표정을 지으면서 한마디 했다. 옆에 있던 차원자는 오히려 큰 소리로,

[저 빌어먹을 녀석이 나와 같은 신분을 가진다는 게 난 별로… 쩝. 뭐 싫은 건 아니지만 저렇게 제멋대로에 꽉 막힌 녀석은 차라리 없는 게 나아. 그렇지 않나?]

일부러 치우천왕이 들으라는 듯 말했지만 그런 말에도 치우의 표정은 펴지질 않았다.

마지막 시험에서 현중은 두 가지 기로에 서 있었다.

하나는 이대로 깨달음을 가지고 신으로 올라가는 것과, 아니면 다시 인간의 몸으로 돌아가는 거, 바로 두 가지 선택이었다.

어째서 그분이 현중에게 이런 기회를 준 것인지 이유는 아무도 몰랐다. 치우천왕조차도 그저 바라보기만 할 뿐이니 말이다.

신들 위에 존재하는 신, 통칭 그분이라고 칭해지는 존재의

뜻을 어찌 알겠는가?

세상의 모든 생명과 존재 자체를 관리하고 유지하는 마나의 목소리는 듣는 것만으로도 이미 엄청난 행운인 것이다.

그런데 현중은 과감하게 신이 되는 것을 버렸다.

의식적인지 아니면 무의식적인지 모르지만 현중은 인간으로 남는 것을 선택한 것이다.

불안정하고 쉽게 깨어지는 인간의 육체와 영혼으로 돌아가기를 선택한 현중은 자신이 원하는 대로 인간으로 다시 돌아왔다.

하지만 현중이 가지고 있는 힘은 이미 인간의 것이 아니었다.

천외천(天外天).

하늘 위에 하늘이라는 말이 무색하지 않을 만큼 이미 모든 존재의 틀을 벗어난 힘을 가진 현중은 몸과 영혼은 인간이지만 그 가진 힘은 신에 필적할 만큼 강해진 것이다.

하지만 바로 이게 문제가 되기에 지금 치우는 슬펐다.

인간의 몸은 불안정했다.

그만큼 때론 약하기도 하고 때론 강하기도 한 것이 인간의 몸이고 영혼이었다.

반대로 지금 현중이 가진 힘은 그런 인간의 육체와 영혼을 가볍게 집어삼킬 만큼 강력했다.

즉, 절대로 인간이 가져서는 안 되는 힘을 억지로 가지고 온 것이나 다름없는 것이다.

현재의 현중은 마음만 먹는다면 천재지변 정도는 아주 우습게 일으킬 수 있을 만큼 엄청난 힘을 가졌다.

[불안정해요. 아마 스스로가 파멸할 게 뻔한데… 어째서 저 아이는… 저렇게까지 인간이기를 선택한 걸까요.]

치우는 현중이 신에게만 허락된 힘을 가지게 되면서 지금 다시 태어났지만 현중의 몸이 서서히 붕괴되어 가고 있다는 것을 알았다.

그리고 치우 옆에 있는 차원자도 그걸 모를 리가 없었다. 이들은 이미 신의 반열에 올라 있으니 그냥 눈에 보이는 것이다.

현재 현중은 약간은 고장 난 시한폭탄과 같았다.

언제든 터져도 이상하지 않는 그런 폭탄 말이다.

인간에게 허락되지 않는 힘을 선택한 결과는 결국에는 자멸인 것이다.

너무나 강한 힘은 인간의 육체와 영혼이 버티지 못한다.

하지만 현재 그나마 버티는 것은 바로 그동안 현중이 겪은 경험과 함께 영혼이 단련되어 있기 때문이다.

하지만 그것도 임시방편일 뿐이다. 언제고 현중이 방심한다면, 잠깐이라도 실수한다면 현중은 흔적조차 남기지 않고 사라질 것이다.

이건 인간에게 허락되지 않는, 한계를 넘어선 힘을 가진 자에게 주어지는 하나의 처벌이었다.

물론 현중이 이대로 조용히 그냥 여생을 지낸다면 아마 얼마나 살아갈지는 그 누구도 장담하지 못할 만큼 오래 살 것이다.

하지만 카일라제가 곧 넘어오고 그와 대적해야 되는 현중에게는 지금 그가 가진 힘은 한마디로 양날의 검이나 마찬가지였다.

신의 반열에 오른 카일라제와 상대할 만한 힘을 얻었고, 그와 대적할 수는 있지만 압도할 수는 없을 것이다.

왜냐하면 아무리 강해도 현중은 인간이고 상대는 신이기 때문이다.

처음에는 서로 박빙의 힘겨루기를 하겠지만 결국에 가서 지치는 건 인간인 현중일 것이다.

힘의 균형은 그때부터 무너질 것이고 한번 무너진 힘은 약한 쪽에 모두 집중될 게 뻔하다.

[가시밭길을 가는구나. 스스로.]

치우는 자신의 힘이 인간의 몸이 버티지 못한다는 것을 느꼈을 때 미련없이 인간이기를 버리고 신의 반열에 올랐다.

어차피 전쟁터에서 태어나 전쟁터에서 살아온 자신에게

더 이상의 살육은 의미가 없기 때문이기도 했지만, 다른 이유
는 지겨웠기 때문이다. 자신의 상대가 없고, 자신과 대적할
존재가 없다는 공허함도 어느 정도 작용했다.

신이 되는 것을 선택한다는 건 편한 길을 가는 것이나 마찬
가지다.

물론 인간으로 있을 때 모은 인연의 끈은 사라지겠지만 그
보다 신으로서 위에서 바라보는 것도 어느 정도 재미있기 때
문이다.

차원자를 선택하든 어디 별 하나를 받아서 주신으로서 살
아가든 그건 전적으로 본인의 선택이었다.

모든 인간이 원하는 경지, 모든 인간이 가고자 하는 위치에
오를 자격과 기회가 있지만 현중은 그걸 스스로 버렸다.

그리고 그분은 절대로 두 번 권하지 않을 것이다. 지금까지
그랬으니 말이다.

다시 말해 이제 현중은 다시는 신의 반열에 오를 기회조차
주어지지 않을 것이다.

인간으로 살다가 인간으로 죽어야 한다. 카일라제와 싸우
면서 불안정한 인간으로 말이다.

치우천왕과 차원자가 지켜보고 있었는지를 현중이 아는지
모르는지는 잘 모른다.

하지만 안개 속을 한참이나 걸어 그나마 안개가 조금은 걷

힌 곳으로 나왔을 때 현중의 얼굴은 오히려 편안해 보였다.

"이게… 힘이란 건가."

지금까지 현중은 자신의 능력이 소위 힘이라고 하는 것으로 알고 있었다.

하지만 지금 자신이 느끼는 이것은 전의 것과는 완전 차원을 달리하는 것을 알 수 있었다. 편안하면서도 마음이 움직이는 대로 세상의 모든 것이 발아래 보이는 것이다.

느낌?

아니었다. 그건 느낌이 아니라 현중의 눈에 보이는 진실이기도 했다.

펄럭!

현중의 시선이 하늘을 향하자 등에서 푸른 마나가 뿜어져 나오더니 족히 10미터는 넘어 보이는 날개를 만들어 현중이 원하는 곳을 향해 펄럭이며 날아오르기 시작했다.

미동도 없이, 아주 천천히, 흔들림없이 현중의 몸이 떠올랐다.

얼마나 올라가는지 그건 현중 본인만이 알고 있을 것이다.

"지구……."

하늘을 향해 날아오르고 또 날아오르던 현중이 멈춘 것은 사방이 어둠으로 싸여 있는 우주였다.

그가 조용히 눈을 돌렸다.

그의 시선이 향한 곳은 바로 지구였다.

푸른색의 빛이 은은하게 뿜어져 나오는 지구는 하나의 보석을 대하는 듯 보는 사람으로 하여금 지루함을 느끼지 못하게 하는 매력이 있었다.

"훗, 결국은 내 이기심 때문이지."

현중은 지구를 보면서 다시 생각해 봤다.

자신에게 선택권이 주어졌을 때, 어째서 신이 아닌 인간으로 남기를 원했는지 말이다.

이대로 신으로 올라가는 것도 편할지도 모른다. 하지만 그것은 지금 자신이 인간의 몸으로 있을 때 모든 인연을 끊어버린다는 조건이 붙는 것이었다.

테른과도 영원히 헤어지는 것이다.

신이 인간을 만나는 것은 오직 필요에 의해서일 뿐이니 말이다.

특히 신의 자리에 오른 현중의 곁에 마족인 테른이 다가온다는 것은 있을 수도 없는 일이었다.

신이 왜 신으로 불리는가.

그건 아무도 모른다. 누가 신으로 지정했는지도 모른다.

하지만 현중은 그런 선택의 갈림길에서 주저하지 않고 신이 되는 길을 버렸다.

꾸욱.

지구를 바라보던 현중이 양손에 주먹을 움켜쥐고는,

"나의 운명을 가지고 노는 그런 놈들과 한편이 되는 건 사양하겠어."

본능적이라고 해야 할까? 현중은 신을 별로 좋아하지 않았다. 모두 카일라제라는 놈 때문일지도 몰랐지만 어찌 되었든 현중은 신이라는 것에 거부감이 많은 편이었다.

그런데 그런 자신이 신이 된다?

뭐 좋은 신이 되면 되지 않느냐 하는 유혹도 솔직히 현중에게 있었다.

하지만 결국 신은 신이다.

자신의 마음대로 움직이며, 자신의 계획대로 움직이지 않는다면 뒤집어 버릴 수 있는 능력과 권리를 가지고 있는 신 말이다.

한마디로 그게 마음에 들지 않는 것이다.

신이라는 틀 속에 갇혀 버리는 자신이 너무나 싫었다.

그리고 솔직히 신으로 영원히 살고 싶은 생각도 없었다. 적당히 살다가 적당한 때에 죽는 것, 이게 현중이 원하는 삶이었다.

적당히 평범하게 살고, 적당히 재미있게 살다가 떠나는 것 말이다.

자신의 부모가 죽었을 때 죽음이란 게 뭔지 막연하게나마 느낀 현중은 오히려 죽음이란 것에 대한 공포가 사라져 버렸다.

죽음이라는 게 문제가 아니라 죽은 다음에 남겨진 자들이 더 문제라는 것을 피부로 느꼈으니 말이다.

모든 인간이 무서워하고 두려워하는 죽음이라 것을 완전 다른 시각에서 바라보는 현중이기에 대륙에서 치우천황무를 수련할 때 무식하리만큼 자신의 목숨을 걸고 수련하는 것에 도전할 수 있었다.

일반적으로 한 번이라도 죽음의 위기를 느끼고 나면 두 번 다시 같은 짓을 하지 않는 게 인간의 본성이다.

하지만 현중은 죽음보다 오히려 치우천황무를 완성하는 것을 더 큰 목표로 두었기에 가능했다.

그리고 죽음이란 것을 초월하여 자신의 의지를 실행하는 현중의 모습에 드래곤도 결국 마음을 열게 되는 계기가 되었다.

펄럭펄럭.

우주에서, 그것도 공기 하나 없는 곳이지만 현중은 아무런 불편을 느끼지 않았다.

마나로 만들어진 커다란 날개가 펄럭일 때마다 현중은 자신이 원하는 곳으로 움직일 수 있었고 자신이 원하는 모든 것을 행할 수 있었다.

지금 현중은 자신이 원한다면 지구의 대륙 지도마저 바꿔버릴 수 있는 힘을 가지고 있었고, 그걸 현중 본인이 잘 알고 있었다.

하지만 그와 동시에 그런 힘을 마음대로 쓰게 되면 자신에게 어떤 반작용으로 되돌아오는지도 잘 알고 있었다.

육체의 붕괴.

인간이 가져서는 안 되는 정도를 넘어선 힘을 보유하고 있는 현중은 현재 너무나 아슬아슬한 줄타기를 하고 있는 것과 같았다.

힘을 쓰면 쓸수록 육체에 부담이 커질 것이기 때문이다.

즉, 강한 힘을 쓰면 쓸수록 현중의 육체는 무너지는 속도가 빨라진다는 것이다.

그리고 현중은 자신이 신이 되는 선택을 거부했기에 알 수 있었다. 어쩌면 어느 순간 육체와 힘의 균형이 무너져 죽을지도 모른다고 말이다.

"후후훗, 그래, 인생은 결국 흐르는 대로 흘러가도록 놔두는 게 좋은 거야."

현중은 의미 모를 말을 하고서는 슬쩍 시선을 지구를 똑바로 바라봤다.

정확하게 지구가 아니라 지구의 대륙 중 대한민국을 바라보고 있었다.

슥~

현중이 다시 모습을 드러낸 곳은 대동그룹 본사 옥상이었다.

"이거 내가 이상한 건지 아니면 무의식에 그러는 건지… 나 참."

어떻게 한국으로 이동해 올 때마다 대동그룹의 옥상에 모습을 드러내는지 스스로에게 심각하게 질문을 해봐야겠다고 생각한 현중이지만 곧 잊어버렸다.

어차피 한국에 온 것은 맞으니 말이다.

"변한 게 없네."

무심한 눈동자로 주변을 살펴보던 현중의 눈동자에는 쉴 새 없이 오가는 수많은 자동차와 어딘가를 바쁘게 움직이는 사람들의 모습이 보인다.

"훗."

현중은 그런 사람들의 모습을 가만히 보다가 웃었다.

"난 영웅도 아니고 정의감이 넘치는 녀석도 아니지."

혼자만의 독백을 한 현중은 그대로 걸음을 돌려 대동그룹의 옥상에서 사라져 버렸다.

"현중?"

"응, 기다렸나 보네?"

현중이 모습을 드러낸 곳은 레이스가 있는 무인도였다.

레이스는 얼마나 울었는지 눈자위는 심하게 퉁퉁 부어 있었고, 눈동자는 핏발이 서서 금방이라도 핏줄이 터져 버릴 것 같은 모습이다.

그런데 현중을 보고 놀란 듯 입을 크게 벌렸던 레이스는 곧 현중의 얼굴을 확인하고는 언제 울었냐는 듯 입가에 미소를 지었다.

물론 퉁퉁 부은 눈자위 때문에 입만 웃고 있기에 조금은 이상한 모습이지만 지금 그런 것은 상관이 없었다.

탁~!

그대로 뛰어가 현중의 품으로 몸을 날린 레이스는 부드럽게 현중의 품에 익숙하게 안겼다.

"…흑흑, 죽었잖아! 죽었단 말이야! 분명히 난 그렇게 봤어!"

현중의 품에서 결국 소리치면서 다시 울음을 터뜨린 레이스는 눈물로 현중의 옷이 젖어가는 것도 모르는 듯했다.

현중은 그런 레이스의 모습에 그저 웃으면서 머리를 토닥여 줄 뿐이다.

레이스의 말대로 현중은 확실하게 죽었다.

하지만 변덕인지, 아니면 자신의 죽음도 애초에 그분이라는 존재가 만들어놓은 계획의 하나인지 다시 살아나 버렸다.

죽은 사람을 살릴 수 있는 존재는 오직 하나뿐이다.

인간을 만든 존재, 차원자들이 그분이라고 부르는 존재.

그렇다, 진정한 신이라는 이름으로 불리는 존재뿐이었으니 말이다.

"괜찮아."

토닥토닥.

레이스의 머리를 쓰다듬듯 토닥여 주는 현중의 곁으로 걸어오는 또 다른 사람이 있었다.

"레이스의 예언이 처음으로 빗나갔네요."

"그런가요? 후후훗."

현중은 웃었다. 메로우는 그런 현중의 웃음에 따라 웃을 뿐이다.

하지만 메로우는 레이스와 달리 현중의 모습에서 뭔가 많이 바뀌었다는 것을 느끼고 있는 중이었다.

인어인 메로우는 드래곤처럼 강한 힘은 없지만 같은 능력을 가지고 있다.

그녀는 그 능력으로 현중이 무언가 바뀌었다고 느꼈고, 그래서 레이스와 달리 머뭇거린 것이다.

현중도 그런 메로우의 모습에 모를 리가 없었다.

언제나 똑바로 정면을 바라보는 듯 흔들림없었던 메로우가 지금 자신을 보면서 조금이지만 흔들리는 모습을 봤으니 말이다.

"좀 변했죠?"

오히려 먼저 현중이 한마디 하자 메로우는 고개를 끄덕이면서 웃었다.

보기에는 변했다. 분명히 어떻게 뭔가 변했다고 딱 꼬집어 말할 순 없지만 현중은 너무나 변해 있었다.

하지만 방금 현중의 말 한마디로 메로우는 변했지만 변하지 않은 현중을 알 수 있었다.

느낌이랄까? 인어의 능력 때문인지 모르지만 아무튼 변했지만 변하지 않은 현중이라는 결론을 내린 메로우는 웃으면서 현중의 옆으로 다가갔다.

"식사하실래요?"

"배가 고프네요. 하지만 그전에……."

현중은 자신의 가슴에서 결국 울다가 지쳐서 잠들어 버린 레이스를 바라보더니,

"안에 대려다 놓고 먹어야겠군요."

메로우는 현중의 말에 가볍게 고개를 끄덕이고는 식사를 챙기기 시작했다.

레이스를 데려다 놓고 나서 밖으로 나온 현중은 간단하게 메로우와 끼니를 때웠다.

그리고 조용히 현중과 레이스는 서로 나란히 앉아서 바다

를 바라보기만 했다.

"현중 씨는 이제 어쩔 건가요?"

메로우는 현중이 변했으니 지금까지와는 달리 움직임이 달라질 것이라고 느끼고는 슬쩍 물어보는 것이다.

"글쎄요."

지금까지, 정확하게는 북극에서 잠시 헤어지기 전의 현중은 무언가 쫓기는 듯하면서도 기다리는 느낌이었다.

특히나 인간의 감정을 쉽게 느낄 수 있는 메로우는 완전히 바뀌어 버린 현중의 모습에 넌지시 물어본 것이다.

그리고 역시나 메로우의 느낌대로 지금 현중은 너무나 평온해 보였다.

쫓기는 느낌도, 조바심 나는 느낌도 없었다. 무엇보다 현중의 눈동자에서 느껴지는 편안함이 메로우에게도 편안함을 줄 정도이니 말이다.

"정리를 해야겠죠."

"정리… 라면?"

"제가 벌인 일들을 정리해야죠. 모든 것을 깨끗하게."

메로우는 현중의 말을 듣는 순간 뭔가 이상한 느낌을 받았다. 마치 어딘가를 향해 멀리 여행을 떠나기 전에 사람들이 자신의 주변을 정리한다는 느낌이랄까? 아무튼 자세하게 설명하기는 힘들지만 순간적으로 느낀 거라 확신을 하기는 힘들었다.

“그런가요.”

메로우는 솔직히 현중이 이대로 자신과 같이 지구에서 조용히 살았으면 했다.

인간이되 인간이 아닌 존재가 바로 현중이니 말이다.

거기다 차원자에게 들은 대로면 현중의 수명은 아마 인어인 자신보다 몇 배는 오래 살 것이 분명했다.

메로우는 알고 있었다. 인간이되 인간이 아닌 존재들의 외로움을 말이다.

어쩌면 그래서 더 현중에게 동질감을 느꼈는지도 모른다.

“왜요? 이상한가요?”

“아, 아니에요. 그냥… 멀리 떠나려는 사람 같아서요.”

순간 현중의 질문에 당황한 메로우는 자신의 생각을 그대로 입 밖으로 내버렸다.

그런데 현중은 그런 메로우의 말에 입가에 미소를 살짝 짓더니,

“떠난다……. 뭐, 그럴지도 모르겠네요.”

현중은 인어이기에 어쩌면 민감하게 느꼈을지도 모른다고 생각했다. 지금 자신이 무엇을 준비하는지 말이다.

하지만 이제 정리를 하긴 해야 했다. 그동안 자신이 벌인 일을 모두 자신의 손으로 깨끗하게 처리해야만 하는 것이다.

물론 그 속에 사이언톨로지도 포함되어 있었다. 그들은 애초에 존재해서는 안 되는 것을 불러들인 죄를 지었으니 말이다.

우선 현중은 가장 먼저 정리해야 하는 것으로 오리하르콘을 떠올렸다.

물론 지구에 이대로 오리하르콘이 존재해 준다면 인간들의 생활은 완전히 달라질 것이다. 어쩌면 지구의 환경오염도 사라질지도 몰랐다.

하지만 그래서는 안 된다.

"모든 것은 스스로 흐르도록 놔두는 게 좋은 것."

혼자 나직하게 중얼거린 현중은 다시 살아나고 나서야 알 수 있었던 것이다.

지구에 위험을 초래한 것은 카일라제가 아니라 오히려 현중 자신이라는 것을 말이다.

오리하르콘은 지구에 존재해서는 안 되는 것이었다. 어떻게 지구에서 오리하르콘이 사라지고 발견되지 않았는지 그건 중요하지 않았다.

자신이 본 흐름에는 오리하르콘은 지구에 없었다.

즉, 현중으로 인해 그 흐름이 비틀려 버린 것이다.

물론 여러 가지 이득과 목표를 가지고 오리하르콘을 지구에 퍼뜨리긴 했지만 원래의 흐름대로라면 미국에서 발견된 오리하르콘 조각은 그냥 그걸로 끝나야만 했다.

하지만 현중은 오히려 그걸 미끼로서 움직여 버린 것이다.

그리고 마나의 눈을 완전히 각성하고 신에 버금가는 능력을 가지게 되면서 알게 된 것, 바로 천기를 보는 눈으로 바라본 것은 오히려 지구의 흐름에 악영향을 끼친 것은 카일라제가 아니라 현중이라고 말하고 있었다.

그나마 다행이라면, 지금이라면 얼마든지 그 비틀려 버린 천기를 바로 잡을 수 있다는 것이다.

현중이 여유를 부릴 수 있는 이유 중 하나라면 하나였다.

사실 카일라제로 인해 지구의 천기가 비틀린 일은 없었다. 워낙에 조용히 움직였고, 카일라제도 신의 위치에 있는 이상 적당한 선에서 움직였기 때문이다.

하지만 현중이 그 누구도 예상하지 못한 방향으로 움직이는 바람에 오히려 천기가 비틀려 버렸다.

인간이되 인간을 벗어난 존재, 현중에게 더 이상 인과율의 법칙이 통용되지 않은 것이다.

자신의 능력으로, 자신의 힘으로 인간의 수명을 벗어났을 때 이미 인과율은 현중에게 아무런 제재가 되지 못했다.

그 말은 현중이 어떻게 움직이느냐에 따라 이미 정해진 대로 흘러가고 있던 지구의 천기가 얼마든지 뒤틀릴 수 있다는 것이다.

사실 현중도 적당히만 날뛰었으면 천기가 흐트러지지 않았을 것이다. 하지만 오리하르콘을 풀고 적극적으로 움직이다 보니 카일라제도 적극적으로 움직이게 되었고, 마족을 소환하거나 하는 무리수가 발생한 것이다.

"후후훗, 결국 이 모든 원인이 나였군."

현중은 바다를 바라보면서 자신이 알게 된 지금의 사실에 우습기도 하면서 한편으로는 억울했다.

그저 살아갔을 뿐이다. 누구보다 열심히 살았다.

하지만 대륙으로 끌려가 운명이 원하지 않는 방향으로 바뀌었고, 지구로 돌아왔지만 또다시 그 운명의 흐름에서 벗어나지 못했다.

'신이라……'

현중은 도대체 신이란 존재가 뭐하는 존재인지 묻고 싶었다.

물론 대답해 주지 않을 것이다. 자신은 신이 내민 손을 거절하고 인간으로 남길 선택했으니 말이다.

그리고 현중도 이미 알고 있었다. 두 번 다시 신으로 올라가는 자격을 주지 않을 것이라는 것을 말이다.

'후회는 없다. 하지만 결자해지(結者解之)라고 하지. 결국 내가 묶었으니 내가 풀어야겠지.'

카일라제, 현중이 끝까지 신이 되기를 거부하게 만든 원인 중에 어느 정도 적당한 비중을 차지하고 있는 녀석이다.

솔직히 신이라고 해도 크게 감흥이 없던 현중에게 신은 빌어먹을 자식이라는 각인을 시켜준 녀석이니 말이다.

그리고 신의 자리에 오르면 신과 신은 싸울 수가 없다는 규율 때문에라도 신이 되는 것을 포기해야만 했다.

'까짓것, 인생 뭐 있나. 원하는 만큼 살다 원하는 대로 행동하고 적당히 살다 가는 거지.'

이미 한번 죽었다 다시 살아나서 그런지 현중은 오히려 적극적으로 움직이기보다 흐르는 대로 몸을 맡기고 그 흐름에 최선을 다하자는 마인드로 살짝 바뀌어 있었다.

천기를 읽을 수 있고 흐름이라는 게 어떤 건지 직접 두 눈으로 본 현중은 오히려 자신의 커다란 힘이, 인과율에서 벗어난 자신의 운명이 사람으로 치자면 지구의 암과도 비슷하다고 스스로 납득해 버렸으니 말이다.

남에게 들어서 아는 것과 스스로 납득하는 것은 완전 별개였다.

그리고 그 차이만큼 생각이 바뀌는 것도 하늘과 땅 차이다.

"쉬세요."

메로우는 현중이 혼자 중얼거리다가 입을 다물고 생각에 빠진 것을 보고는 슬쩍 일어서면서 울다 지쳐 잠든 레이스 곁으로 가서 조용히 누웠다.

현중은 눈인사로 대답했다.

"…결국은 또 할 일이 많은 거군."

오리하르콘, 사이언톨로지, 그리고 마족을 아직도 소환했거나 하려고 준비 중인 백련교 녀석들도 깨끗하게 정리해야 했으니 말이다.

그리고 그 말은 레이스와의 추억 만들기는 끝났다는 것과도 같았다.

사실 레이스와의 추억 만들기는 오히려 현중 스스로가 하고 싶은 것일지도 몰랐다.

지구로 와서 바쁘게 지낸 현중은 자신이 편안하게, 평범하게 움직인 게 몇 번이나 되는지 손에 꼽을 정도였고, 웃기게도 레이스를 데리고 움직이기 전까지는 딱히 친한 사람과 여행을 간 적도 없다.

한마디로 참 메마른 삶을 살았다는 것이다.

"평범하게 태어나 평범하게 살아가다 평범하게 죽는 게 세상에서 제일 어렵다고 하더니…… 진짜 그 말이 맞는 것 같네."

언젠가 책에서 본 적이 있는 말이다.

사람이 스스로 죽기 전에 자신이 얼마나 평범하게 살아왔는지 돌이켜 보면 백 명에 한 명도 자신의 삶이 평범했다고 생각하는 사람이 없었다.

그건 어쩌면 당연할지도 몰랐다. 백 명이 있다면 그 백 명 모두 삶이 다르니 말이다.

하지만 어쩌면 그렇게 힘들기에 사람들은 오히려 평범한 것을 좋아하는지도 몰랐다.

물론 특별한 것을 좋아하는 사람도 있고, 요즘은 더 많을 것이다.

그렇지만 평범하게 살아가는 것을 원하고 좋아하는 사람도 분명히 많았다.

그리고 현중은 그중에서도 정말 자신은 평범하게 살길 원했다.

물론 완전 그 평범한 삶은 물 건너갔다는 것을 잘 알고 있지만 말이다.

"내일부터 바쁘겠구나."

움직여야 한다.

그것도 아주 바쁘게 움직여야 한다.

영국에 있는 오리하르콘을 먼저 수거해야 하고 러시아 아르카임 스톤헨지에서 사라진 오리하르콘도 찾아야 했다.

거기다 옵션으로 사이언톨로지와 백련교의 뿌리를 완전히 뽑아버려야 했다.

특히 소환 의식에 대한 것은 아예 지구에서 사라져야만 하

는 것 중 하나다. 그동안 편하게 움직였으니 이제는 좀 발바
닥에 땀나게 움직이라는 하늘의 계시인지 몰라도 한동안 무
척 바쁠 것 같았다.

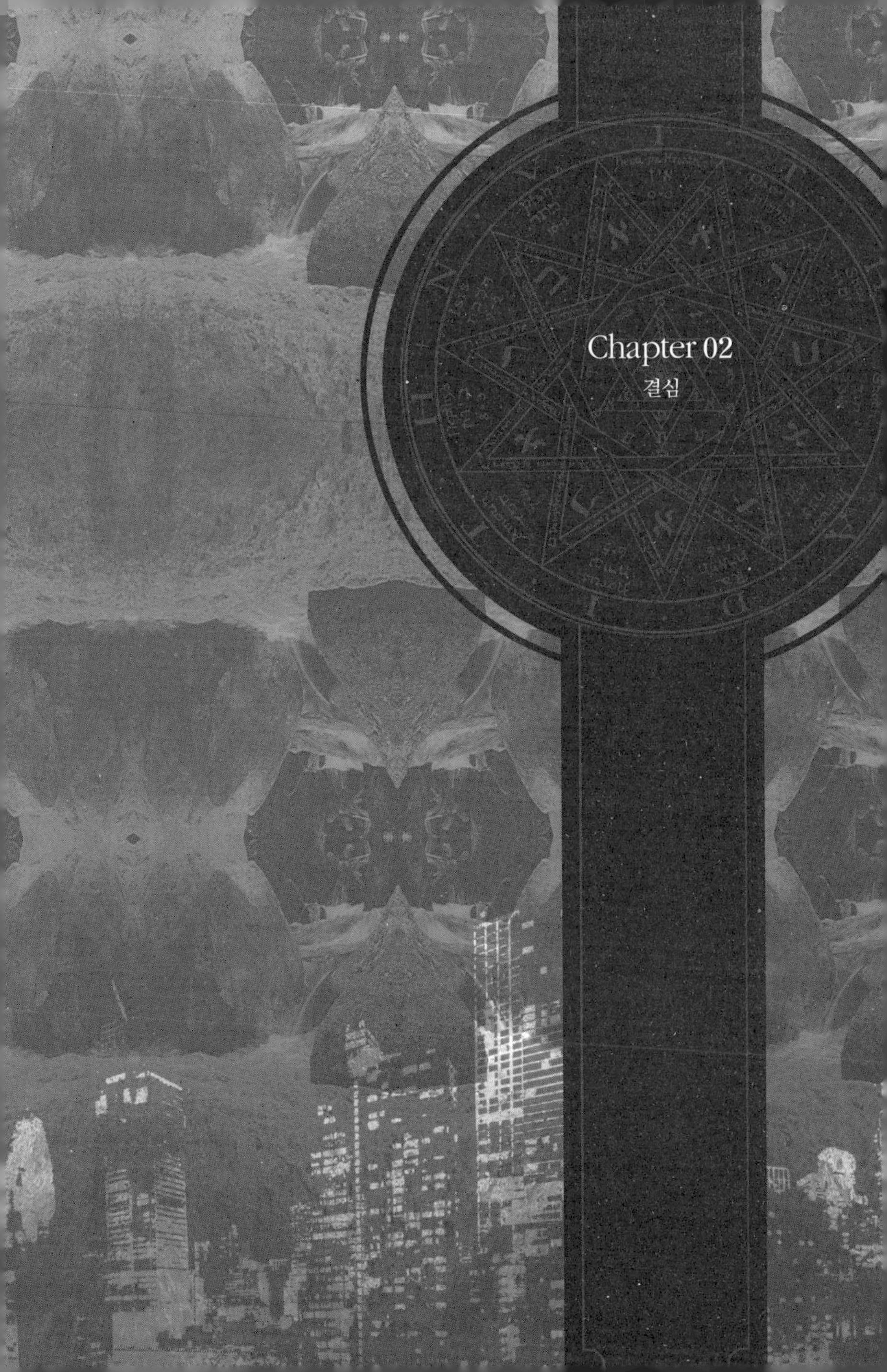
Chapter 02
결심

─마스터.

현중이 계획을 잡고 결심을 마쳤을 때쯤 현중의 그림자에

서 테른이 모습을 드러냈다.

그런데 테른의 모습이 조금 변해 있었다.

현중과 같이 테른의 머리카락이 흑발로 변해 있었고 눈동

자도 전형적인 한국인처럼 검은색의 눈동자였다.

"내 영향인가?"

현중이 테른을 보고 조용히 말하자,

─확실한 건 저도 잘 모르겠습니다. 하지만 이게 제 본래

모습입니다.

"본래 모습?"

현중도 지금까지 테른의 본모습이란 것을 본 적이 없기에 뭐라 말할 수는 없었다.

—네. 마계와 달리 인간이 사는 곳은 대기 중에 마기가 없기 때문에 마기를 몸 안에 가두고 마나로 육체를 구성하게 되면서 금발의 전형적인 서양인의 모습을 하게 된 것입니다.

"그럼 마족은 모두 흑발에 흑안을 가지고 있다는 말이겠군."

—네. 마계에서는 마기의 영향 때문에 태어날 때부터 흑발에 흑안을 가지고 있는 것이 특징입니다. 물론 마나와 접촉하게 되면 자연스럽게 겉모습이 변하게 됩니다.

테른의 말을 들어보면 마기의 영향으로 마족 특유의 흑안과 흑발을 가지고 있는 게 본래의 모습이다.

그런데 지금 이곳은 지구다.

물론 마나가 적긴 하지만 여기도 엄연히 마나가 존재하고 있었다.

거기다 마기는 눈 씻고 찾아봐도 없는 곳이기에 지금에서야 흑안과 흑발로 돌아와 버린 테른의 외모가 조금 이상할 수밖에 없었다.

거기다 테른 본인도 왜 자신의 외모가 이렇게 변한 것인지 모르고 있었다.

그럼 여기서 생각할 수 있는 가장 큰 가능성은 오직 하나, 바로 현중 때문이라는 것이다.

"나 때문이겠군."

—저도 그럴 것이라 짐작만 하고 있을 뿐입니다.

논리적인 것을 좋아하는 테른은 확실하지 않으면 단정을 짓지 않는 성격이기에 짐작만 할 뿐 확실히 뭣 때문인지는 모르고 있었다.

"달라진 것은 외모뿐인가?"

현중이 외모만 저렇게 변했을까 하는 생각에 물어보자,

—흑안과 흑발로 바뀐 것 외에는 그전과 크게 달라진 것이 없습니다.

"그래?"

테른의 몸은 그 누구보다 테른 스스로가 잘 알고 있을 것이다. 거기다 현중에게 테른이 굳이 숨길 것이 없으니 진실이다.

그런데 여기서 현중도 테른도 모르고 있던 것이 있는데, 바로 테른의 몸이 완전히 부서져 내렸다가 현중이 되살아나면서 영혼의 계약으로 인해 되살아났다는 것이다.

즉, 테른은 죽었다가 영혼의 계약이라는 절대적인 계약으로 강제로 되살아났기에 그전의 모습이 변하는 건 당연했다.

테른이 처음 현중의 앞에 모습을 드러낸 대륙은 마나가 풍부한 곳이었다.

마족들은 마나가 많고 강할수록 그 영향을 많이 받는다. 그러다 보니 자연스럽게 마나로 인해 금발을 가지게 되었다.

하지만 지구에서 다시 되살아난 테른은 조금 사정이 달랐다.

대륙에 비하면 거의 황폐하다시피 한 지구의 마나는 테른에게 크게 영향을 미치지 못하고 있는 것이다.

거기다 테른은 영혼의 계약으로 인해 현중의 그림자를 자신의 보금자리로 삼아서 살 수 있는 특수한 상황이었다.

즉, 마계가, 아니, 현중의 그림자가 테른에게는 마계나 마찬가지라는 것이다.

그러다 보니 마나는 희박하고 현중의 그림자 속이 마족들이 사는 마계의 역할을 대신하다 보니 어찌 보면 되살아난 테른의 머리카락이 흑발이 되고 눈동자가 흑안이 되는 건 당연했다.

영향을 주는 마나도 크게 힘을 쓰지 못하고, 현중의 그림자가 마계 역할을 하기에 테른에게는 현중의 그림자가 곧 마계와 똑같은 결과였다.

하지만 테른은 마계에서 태어나 살아온 마족이었기에 그런 가능성은 아예 생각지도 못하고 있었고, 현중은 마족이 본래 흑안에 흑발이라는 사실을 방금 알았다.

"……."

현중은 가만히 테른을 바라보다가,

"별 상관 없겠지."

그냥 넘겨 버렸다.

테른의 외모가 변한다고 해서 테른이 아닌 것은 아니다. 결국 테른은 테른일 뿐이다.

―알겠습니다.

테른은 혹시라도 현중이 궁금해하면 최대한 이유를 알아내기 위해서 생각해 보려고 했는데 현중이 별것 아니라는 듯 넘기자 뒤로 미루기로 했다.

하지만 완전히 미룬 건 아니었다. 테른도 스스로가 이렇게 변한 것이 조금은 궁금했으니 말이다.

"그보다 테른."

―네, 마스터.

"되살아나니 기분이 어때?"

살짝 장난이 섞인 표정으로 현중이 묻자 테른도 살짝 웃으면서,

―똑같습니다.

"그래?"

―네. 특별하게 강해진 것도 없고 전과 다른 것을 느끼지는

못했습니다. 외모가 조금 바뀐 것 외에는 말입니다.

현중도 테른에게서 뭔가 감상적이거나 특별한 리액션을 원한 것은 아니다.

하지지만 그래도 약간은 감흥을 받았을지도 모른다는 생각에 물어보았는데 역시나 테른은 테른이었다.

"그보다 이제 정리를 하려고 한다."

—마스터.

"응?"

—왜 거부하셨습니까?

테른이 현중을 똑바로 바라보면서 물어보았다. 현중도 테른이 뭘 질문하는지 모를 만큼 눈치가 없진 않았다.

영혼의 계약이란 말 그대로 서로의 영혼을 잇는 계약이기에 영혼에 영향을 끼치는 일은 자연스럽게 서로가 느낄 수 있었다.

그렇기에 테른은 현중이 신이 되는 길을 거부하고 왜 인간으로 되살아난 것인지 물어보는 것이다.

"귀찮아."

심드렁하게 말하는 현중을 보면서 테른은,

—신의 자리에 오르시면 모든 게 마스터의 뜻대로 됩니다. 그리고 지구에 그대로 남으셔서 지켜보셔도 됩니다. 하지만… 하지만… 인간의 몸으로는……

테른도 느낄 수 있었다.

현재 현중은 시한폭탄과 같다는 것을 말이다. 인간의 몸으로 절대 가질 수 없는 힘을 가지게 된 현중, 언밸런스가 도를 넘어서 극과 극을 달리고 있는 것이다.

그나마 현재 현중이 이렇게 멀쩡한 것은 현중이 대륙에서 치우천황무를 수련하면서 익히게 된 능력 때문이었다.

마나를 마음대로 다루는 능력, 인간의 틀을 벗어난 능력 때문에 신에 버금가는 힘을 가지고 있으면서도 버틸 수 있는 것이다.

하지만 이건 말 그대로 줄다리기였다. 현중의 능력과 이번에 다시 태어나면서 가지게 된 힘이 팽팽하게 서로 평행선을 그리고 있기에 지금 그나마 평온하게 있을 수 있었다.

하지만 이런 평행선은 언제든지 깨어질 수 있는 것이다. 물론 적당한 힘을 쓰는 것은 오히려 현중의 능력으로 얼마든지 커버가 되지만 문제는 현중이 자신의 모든 것을 쏟아부어야 하는 경우에는 사정이 완전히 달라져 버린다.

현중이 자신이 가진 힘을 컨트롤할 수 있는 범위를 벗어나게 되면 그때부터는 걷잡을 수 없이 폭주할 가능성이 99% 이상인 것이다. 그리고 그 폭주한 힘은 아마 지구에 영향을 끼칠 수밖에 없을 것이다.

그렇기에 논리적인 테른이 봤을 때 현중의 이번 결정은 절대로 이해할 수 없다.

"궁금하냐?"

—궁금합니다.

"궁금하면 지켜봐라."

—…….

테른은 그저 자신을 지켜보라는 현중의 말에 입을 닫아버렸다.

결과적으로 현중의 마음은 현중만 알 수 있기 때문이다. 열 길 물길은 알아도 한 길 사람 속은 모른다는 말이 있듯 테른은 아무리 생각해도 현중의 생각을 짐작조차 할 수 없었다.

인간들이라면 누구나 바란다는 신에 오를 수 있는 기회를 스스로 차버렸으니 말이다.

"테른."

—네, 마스터.

"살아간다는 게 뭘까?"

현중의 조금은 철학적인 말에 테른은 일말의 망설임도 없이,

—태어난 이상 살아가야 할 의무가 있습니다. 그건 어떤 존재도 구분하지 않고 공통된 것이라고 생각합니다.

테른은 마족이다.

마족은 태어나는 순간부터 경쟁하고, 강한 자가 살아남는

적자생존의 중심에서 산다.

그런 곳에서 태어난 테른에게 살아간다는 것은 하나의 의무이기도 했다.

거기다 약한 것이 죄가 되는 마계에서 강해지는 것은 선택이 아닌 필수였다.

강해지기 위해, 살아남기 위해 세월을 버텨온 테른에게 삶이란 태어난 이상 의무인 것이나 마찬가지였다.

"뭐, 맞는 말이긴 하지."

테른의 말에 현중은 조용히 고개를 끄덕이면서 동감을 표현했다.

틀린 말도 아니다. 태어난 이상 살아갈 의무가 있다.

이건 누가 알려주거나 교육해서 아는 게 아니라 본능적으로 살아남고 싶다는 욕구에 의해서 살아가는 것이다.

그런데 현중은 완전히 인간의 틀을 벗어나면서 인과율에서도 자유롭게 되어버렸기에 그 의무가 사라진 것이다.

아이러니하게도 너무 강해서, 너무 뛰어나서, 그리고 너무나 변해 버린 자신을 똑바로 직시할 수 있기에 말할 수 있는 것이다.

그리고 스스로도 막연히 느낄 뿐이지만 어쩌면 현중은 자신의 존재 자체가 카일라제를 막기 위해 태어났을지도 모른다고 생각했다. 아니, 확신했다.

자신의 삶이 하나같이 평범하지 않으면서도 무언가 목표
를 향해 꾸준히 달려가고 있었기 때문이다.

"테른."

—네, 마스터.

"넌 자유의 몸이 되면 뭐할 거냐?"

테른은 현중의 돌발적인 질문에 잠시 머뭇거렸지만,

—전 언제나 마스터 곁에 있을 겁니다.

현중은 테른의 말에 고맙기도 하지만 한편으로는 화가 났
다.

이번에 자신이 죽음을 경험했을 때 후회한 것이 바로 테른
의 존재였다. 테른은 죄가 없다. 자신의 운명에 테른이 들어
오긴 했지만 좋든 싫든 현중이 죽으면 테른도 죽는다.

그리고 그런 후회는 한 번이면 족했다. 자신 때문에 누군가
가 희생된다는 것은 현중으로서는 너무나 싫은 경험이었으니
말이다.

벌떡.

현중이 갑자기 일어서더니 테른을 똑바로 바라보면서,

"난 계약을 이만 끊어버릴까 한다."

—……!!

테른은 무슨 말인지 생각하다가 눈을 크게 뜨고서 현중을
바라보았다.

─마스터에게 전 더 이상 필요치 않는 것입니까?

현재 현중의 능력은 사실 냉정하게 말하자면 테른이 옆에 있으나 없으나 별 차이 없었다.

뭐랄까, 있으면 좋고 없어도 그만인 것이다. 적이 누군지도 알고, 그냥 기다리면 되는 마당에 굳이 테른의 존재가 필요하지 않을지도 몰랐다.

하지만 그건 테른의 쓸데없는 오해였다.

"아니. 반대로 너무 필요하지."

현중은 테른을 보면서 자신이 지구에서 이렇게 똑바로 바라볼 수 있는 이유는 어쩌면 테른이 있기 때문일지도 모른다고 생각했다.

솔직히 혼자서 모든 걸 처리할 수는 없지 않은가? 테른 덕분에 편해지고 생각에 여유가 많아진 것도 사실이다.

하지만 무엇보다 테른이 옆에 있기에 현중은 외로움이라는 것을 느껴본 적이 없다.

절대자의 고독은 느낄지언정 혼자라는 외로움을 느껴본 적은 없는 것이다.

그런데 그런 테른이 필요하지 않을 리가 없다. 테른의 존재 자체가 현중에게는 커다란 위안이자 든든한 힘이었으니 말이다.

─그럼 어째서 계약을 해지하신다는 겁니까?

　테른은 처음 대륙에서 지구로 넘어갈 때 현중이 테른에게 자신은 떠나니 영혼의 계약을 해지한다는 말을 들었던 기억이 떠올랐다.

　테른은 그때 스스로가 싫어졌다. 자신의 존재가 필요치 않았기에 두고 간다고 생각했기 때문이다.

　물론 현중은 테른이 이방인과 같은 입장이 돼서 지구로 가봐야 별로 할 것도 없고 재미도 없을 테니 본래 살던 곳에서 살아가라는 의미로 계약을 해지하려고 했다.

　하지만 테른에게는 그렇게 들리지 않았으니 말이다.

　그러다 보니 테른이 억지로 현중에게 붙어서 지구로 넘어올 수 있긴 했다.

　현중도 테른이 지금 무슨 생각을 하는지 대충 알고 있기에 조용히 입을 열었다.

　"너는 삶의 의무를 다해야 하지 않겠냐. 혈족이 이대로 끊어지는 것도 안 되고 말야."

　―마스터, 그게 무슨…….

　"그냥…이번에 느낀 거다. 내가 죽는 건 나 혼자만의 죽음이 아니란 것을 말이다. 그저 막연하게 생각하고 알고 있던 것을 직접 당해보니까… 이래서는 안 되겠다는 생각이 들더라고."

　말을 하던 현중은 조용히 테른을 보면서,

“그러니까 넌 살아남아야지.”

그리고 손을 들어 테른과 자신 사이의 허공을 움켜잡았다.

허공을 움켜잡았을 뿐인데 놀랍게도 현중의 손아귀에는 반투명한 쇠사슬이 나타났다.

그 쇠사슬의 양쪽 끝에는 현중의 심장과 테른의 심장이 연결되어 있었다.

“테른, 넌 나에게 부하가 아니라… 친구다.”

—마… 스터…….

우지끈!!

현중이 손아귀에 힘을 주자 반투명한 쇠사슬은 허무하리만큼 쉽게 끊어져 곧 사라져 버렸다.

그리고 그와 동시에 테른과 현중을 연결하던 영혼의 계약이 끊어졌다.

해지가 아닌, 힘으로 계약 자체를 무위로 돌려 버린 것이다.

슈악!!

계약이 사라지자 테른의 몸에 급격하게 변화가 일어났다.

그동안 영혼의 계약으로 인해 묶여 있던 테른의 마기가 밖으로 뿜어져 나오려고 하는 것이다.

하지만 그런 것도 잠시,

스윽!

현중이 손을 들어 테른의 이마에 손을 올리자 거짓말처럼 마기가 사라져 버렸다.

"너무 오랜만이라 적응이 잘 안 되는 거냐?"

장난스런 현중의 말에 테른은 고개를 숙이고는 곧 마기를 갈무리하기 시작했다. 빠르게 마기를 자신의 것으로 만들어 버렸다.

—마스터.

"이젠 마스터가 아니야."

영혼의 계약이 깨어진 이상 더 이상 현중은 테른에게 마스터가 아니었다. 하지만 테른은 현중의 앞에 무릎을 꿇고서 고개를 숙이더니,

—이건 제 의지로 하는 것입니다.

"알아."

현중도 테른의 말에 너무나 쿨하게 대답하고서는 다시 모래 위에 엉덩이를 깔고 앉았다.

"그냥 내 죽음으로 누군가가 희생되는 게 싫었을 뿐이다. 다른 이유 따위는 없고."

—알고 있습니다. 하지만 그래도 전 마스터를 따라다닐 것입니다. 그리고 현재 마스터의 그림자만큼 안락한 곳도 없으니 말이죠.

"마음대로 해."

현중도 테른이 자신의 곁을 바로 떠나도 크게 상관은 없었다. 그렇지만 떠날 것이라고는 생각하지 않았다. 떠나도 상관없지만 테른도 뒤끝이 제법 있는 성격인 것을 알고 있는데 이대로 계약을 풀어준다고 나 몰라라 하지는 않을 테니 말이다. 다만 영혼의 계약을 끊어버린 것은 오직 하나, 현중 자신을 위해서였다.

다시는 그런 후회를 하고 싶지 않다는 마음 때문이었다.

—마스터.

"응?"

—마스터의 계획을 알려주십시오.

이제 영혼의 계약이 끊어졌기에 그동안 무의식적으로 테른에게 알려주던 정보가 사라져 버렸으니 테른이 현중에게서 정보를 얻는 방법은 오직 하나, 직접 입으로 듣는 것뿐이었다.

아니면 지금까지의 경험으로 짐작하거나 말이다.

"정리해야지."

—…….

테른은 현중의 말을 듣고 잠시 생각하는 듯하더니,

—우선 전 아르카임 스톤헨지에서 사라진 오리하르콘을 찾는 게 우선되어야 한다고 생각합니다.

"어째서?"

현중은 원래 영국에 있는 것을 가져오고 사이언톨로지와 백련교를 직접 씨를 말려 버릴 생각이었다.

특히 백련교의 소환 의식에 관한 정보는 그 어떤 것도 남겨 놓을 생각이 없었다.

―우선 영국에 있는 오리하르콘은 언제든지 저희가 원할 때 회수가 가능합니다. 그리고 이건 제 추측입니다만, 왠지 사라진 오리하르콘을 찾는 게 지금 어설프게 꼬여 버린 매듭을 푸는 열쇠가 될 것 같습니다.

"흠……."

현중은 테른의 말에 잠시 생각해 보다가 테른을 가만히 바라보면서,

"참모의 말을 따르는 것도 한 가지 방법이겠지."

테른의 말을 들어보니 굳이 지금 영국의 오리하르콘을 회수해서 긁어 부스럼을 만들 필요는 없다는 생각도 들었다.

거기다 감쪽같이 오리하르콘을 훔쳐 가버린 녀석들을 찾는다면 어쩌면 현중이 모르는 제3의 세력이 있거나 아니면 알지 못했던 적의 힘을 알게 될지도 모른다는 생각이 들었기 때문이다.

"그럼 어떤 것을 추천하지? 그냥 찾아다닌다고 녀석들이 넙죽 나에게 보여줄 리는 없으니 말야."

솔직히 현중도 몇 번 고민해 봤지만 도무지 어떻게 오리하

르콘을 가져갔는지 방법을 알 수가 없었기에 거의 포기하고
있기도 했다.

군대에 둘러싸여 있는 곳에서 귀신같이 오리하르콘을 가
져가 버렸으니 말이다.

─낚시를 할 생각입니다.

"낚시?"

씨익~

테른이 음산하게 미소 지었다.

현중에게서 완전히 독립된 그는 마기가 더욱 진해져 미소
에서마저도 어둠이 뚝뚝 흘러내렸다.

하지만 현중이 보기에는 전과 별다를 게 없는 웃음이었다.

─제 아공간에 있는 오리하르콘을 이용해서 녀석들을 불
러들이는 게 가장 확률이 높고 확실한 방법입니다.

"음……."

그러고 보니 아르카임 스톤헨지에서 사라진 오리하르콘보
다 더 커다란 오리하르콘 덩어리가 테른의 아공간에 조용히
잠들어 있지 않는가?

어차피 지구에서 오리하르콘의 존재를 완전히 지워 버릴
생각을 하고 있으니 괜찮은 생각 같았다.

그리고 지금 테른의 작전에는 필수적으로 한 가지가 필요
했다.

"내가 지키고 있어야겠군."

─네, 마스터. 저와 마스터 둘 중 하나만이라도 무조건 지키고 있어야 합니다.

"좋아, 그럼 어떻게 유인할 거지? 갑자기 오리하르콘이 나타나면 녀석들도 바보가 아닌 이상 함정이 확실하다고 생각할 텐데 말이야."

낚시질을 하기로 결정은 했지만 문제는 어떻게 오리하르콘을 녀석들에게 알리느냐가 중요했다.

100% 함정이라고 생각하지 않기만 하면 된다. 50%만 함정일지도 모른다고 생각한다면 현중의 입장에서 낚시질은 성공한 것이나 다름없다.

사람들이 50% 성공 확률이라면 엄청 높은 거라고 생각할지도 모른다.

하지만 그건 착각일 뿐이다. 말이 50%의 확률이고 계산적으로 반반이지만 실제로는 모 아니면 도라는 공식이 성립된다.

결론적으로 10% 확률이나 50% 확률이나 실패하면 똑같이 0% 확률이 되는 것이다.

그저 보기 좋고 현혹되기 좋으라고 50% 확률이지 결과적으로는 100% 함정과 다를 바 없었다.

현중이 앉아서 기다리고 있을 테니 말이다.

─현재 아르카임 스톤헨지에서 군대가 퇴각하고 있습니다.

"벌써?"

현중은 적어도 몇 달은 더 있으면서 조사를 할 것이라고 생각했다. 그런데 의외로 군대의 철수가 빠른 것이다.

─러시아군은 벌써 퇴각했습니다.

"응? 러시아가? 어째서……?"

사실 오리하르콘이 사라져서 곤란한 쪽은 바로 러시아였다. 그런데 이상하게도 러시아가 벌써 퇴각하다니?

─우선 패밀리어를 풀어서 감시는 하고 있습니다만, 사이언톨로지와의 접촉은 확인되지 않습니다. 러시아군이 물러나자 미군도 더 이상 그곳에 있을 명분이 없는지 거의 물러나 흔적만 남아 있는 상태입니다. 내일이면 아마 완전히 아르카임 스톤헨지에서 군인은 찾아보기 힘들 겁니다.

"흠, 러시아가 조용히 물러났다……."

누가 봐도 이상했다.

뭐랄까, 심중으로는 거의 100% 러시아 쪽에 뭔가 있을 것 같다는 확신이 들었다.

하지만 증거가 없다. 거기다 미군이 조용히 물러난 것을 보면 꼬투리 잡을 게 전혀 없었다는 말도 되기에 현중은 잠시 고민했다.

정보력에서는 현중이 미군을 따라잡기는 힘들었다.

아무래도 테른 하나만 움직이다 보니 한계가 있는 것이다. 물론 정보력이 완전히 수준 차이 나게 떨어지는 것도 아니었다.

테른은 혼자라는 핸디캡을 패밀리어를 통해 거의 무마했기 때문이다. 하지만 패밀리어는 수동적이라는 게 문제였다.

테른이 명령을 내리면 그 명령만 수행하는 것이다. 정보요원이나 특수요원들처럼 자기들의 판단으로 임기응변을 하는 게 불가능했다.

그렇기에 러시아에서 오리하르콘이 사라질 때도 속수무책으로 당할 수밖에 없었다.

"미국 쪽의 반응은?"

당연히 조용히 물러났다고 해도 미국이 오리하르콘을 포기할 리가 없었다. 지금도 아마 러시아를 쥐 잡듯 뒤지고 있을 것이 분명했다.

―이미 러시아 쪽에 CIA 요원이 몰려 있습니다. 특히 모스크바 쪽에 집중되어 있는 것으로 확인됐습니다.

"그럼 그렇지. 미국이 얌전히 '네, 없습니까? 알겠습니다' 하면서 물러날 리가 없지."

현중은 고개를 끄덕이면서 모래사장에서 엉덩이를 떼고 일어섰다.

“테른.”

―네, 마스터.

“이제부터 난 전쟁이라고 할 만한 것을 할 건데 말이야, 딱 하나 걸리는 게 있어.”

현중이 텐트를 바라보면서 말하자 테른도 대충은 아는 듯,

―레이스 때문입니까?

“그래. 아무래도 어린애야. 하지만 내 곁에서 떨어지면 카일라제가 뭔 짓을 할지 몰라. 참 골치 아프게 됐어. 오리하르콘으로 낚시질을 하면 어떤 놈들이 쳐들어올지 모르는데 그냥 데리고 다닐 수도 없고, 그렇다고 따로 믿고 맡길 만한 곳도 없고.”

사실 현재 현중 이외에 레이스를 확실하게 보호할 만한 존재가 없었다.

최소한 현중이 움직이기 위해 레이스 곁을 떠나 있는 동안 레이스를 믿고 맡길 만한 동료가 절실히 필요한 때가 바로 지금이었다.

―마스터.

“응?”

―전에 각국의 공인 마스터들에게 무기를 만들어주기로 하지 않으셨습니까?

“아, 월석 가져오면 만들어준다고 한 거?”

현중은 잠시 잊고 있었던 듯 테른의 말에 기억나서 대답하자,

─베이스퍼는 레이스의 할아버지이니 그 누구보다 믿을 만하지 않겠습니까? 그리고 백련교부터 사이언톨로지까지 포함된 이번 계획에 각국의 공인 마스터가 움직일 만한 충분한 명분이 있습니다.

"…그런가."

사실 현중은 각국의 마스터들을 포함했던 처음의 계획을 완전히 지워 버리려는 중이다.

결국 카일라제와 맞붙어야 하는 건 현중 자신이고, 어떻게 보면 각국의 공인 마스터들은 허무하게 죽을 위험이 많았기 때문이다.

되살아나면서 천기를 읽지 못했던 그때는 모든 게 카일라제의 계획이고 카일라제 때문에 벌어진 일이라고 생각했기에 최대한 모든 힘을 모을 생각을 했지만 막상 되살아나서 천기를 읽어보니 그게 아니었다.

모든 것이 바로 현중 자신이 벌인 일 때문에 천기가 흩어지고 혼란이 생기게 된 것이다.

마족의 소환도 현중이 조용히 기다렸다면 아마 백련교에서 마족 소환이라는 강수를 두지 않았을지도 모른다.

하지만 자신들이 상대하기 벅찬 적이 나타나자 백련교에

서도 결국 마족 소환이라는 자충수를 두고 말았으니 말이다.

—마스터, 마스터의 탓이 아닙니다.

테른도 대충 현중의 지금 기분을 알고 있었다. 영혼의 계약이 끊어지기 전까지 연결되어 있었으니 어느 정도 짐작이 가능한 것이다.

거기다 사실 누구의 탓도 아니었다.

천기가 흐트러진 것이 결과적으로 현중이 어느 정도 원인이 있을지는 몰라도 모든 책임이 현중에게 있다고 볼 수만도 없으니 말이다.

하지만 현중은 그것을 자신의 탓인 양 생각하고 있는 게 테른이 보기에는 안타까웠다.

"알아. 하지만 나와 카일라제의 싸움에, 이제 누군가를 끌어들이는 건 사양하고 싶다."

현중은 테른이 뭘 말하려는지 충분히 알고 이해도 하고 있지만 역시나 마음이 내키지 않는 건 어쩔 수 없었다.

뭣보다 현재 현중의 힘이 신에 필적할 만큼 강해진 후로 더욱 그런 생각이 강해져 있었다.

하지만 한 사람이 다섯 사람을 막지 못하듯, 아무리 강해도 결국 혼자였다.

그걸 현중도 알기에 지금 레이스 때문에 고민하는 것이다.

—마스터, 차라리 그들의 자유의사에 맡기는 게 어떻습

니까?

자유의사라는 테른의 말에 현중은 피식 웃었다.

대충 지내보니 각자의 성격이 드러나기 때문이다.

백호연은 무조건 참여할 것이다. 백련교를 처리해야 하는 임무가 있으니 말이다. 그리고 베이스퍼는 레이스 때문이라도 무조건 참여할 것이다.

하지만 나머지, 마리아와 카이쇼 무사시, 그리고 데이비드는 미지수였다.

아니, 현중은 마리아만큼은 참여하지 않았으면 했다.

아직 마리아에게 연인의 정이나 특별한 마음이 있는 것은 아니었다. 그냥 싫었다.

마리아가 위험한 이번 계획에 참여하는 것 자체가 말이다.

테른도 슬쩍 현중의 표정을 보더니,

―마스터, 원하시면 바로슈 백작은 제가 빼겠습니다.

"훗."

현중은 순간 테른이 눈치챌 만큼 자신의 표정이 드러났는가 싶은 생각에 한번 웃고는,

"마리아는 제외하고… 아니지, 데이비드도 제외한다. 어차피 어설픈 마법은 도움은커녕 짐만 될 뿐이니까."

―알겠습니다.

"지금 각국의 마스터들에게 연락해라. 월석이 없어도 된다

고. 다만 나와 함께 백련교와 사이언톨로지를 처리할 때까지
는 함께 움직여야 한다는 조건을 달아서 말이야."

　―네, 마스터.

　테른은 현중의 명령에 그림자로 발걸음을 옮기다가,

　―마스터의 그림자를 이용해도 되겠습니까?

　현중은 고개를 돌려 뭔 그런 질문을 하느냐는 듯 바라보면
서 입가에 미소를 띠었다.

　―알겠습니다.

　테른은 현중의 미소에 두말하지 않고 그림자 속으로 사라
져 버렸다.

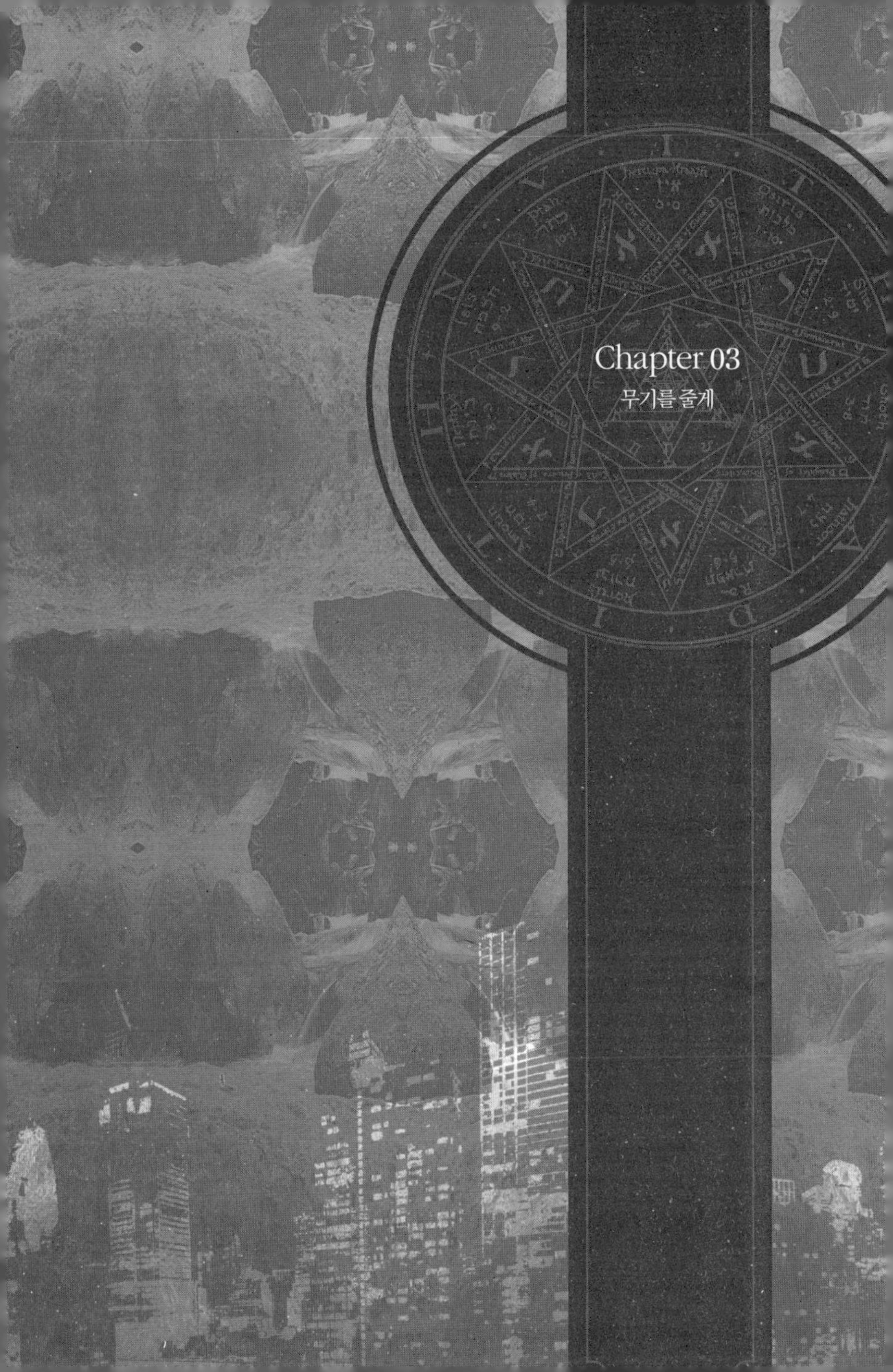

Chapter 03
무기를 줄게

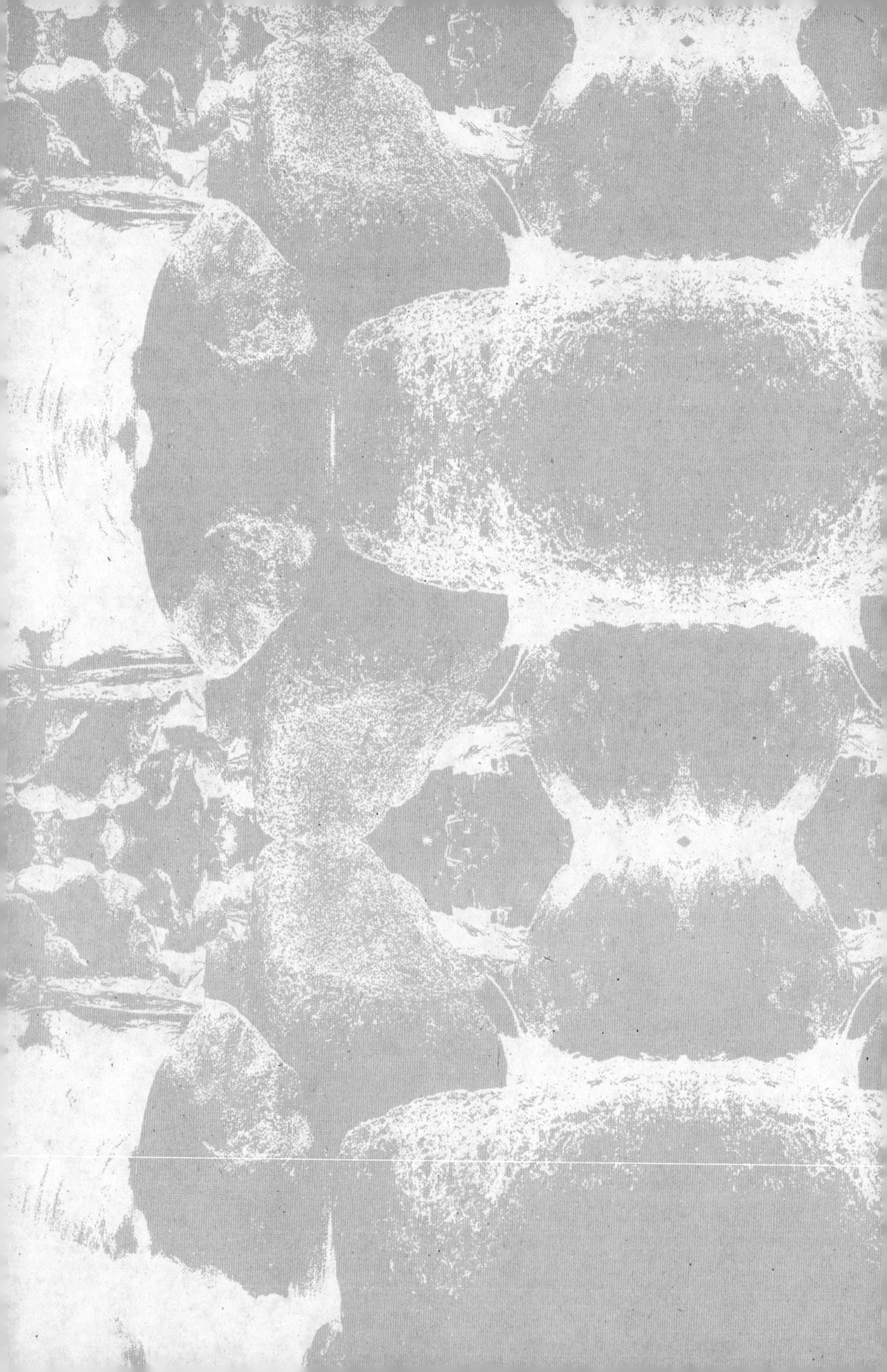

“음, 어디 가는 거야?”

레이스는 일어나자마자 짐 정리를 하고 떠날 채비를 하는 현중에게 물었다.

“베이스퍼를 만나기로 해서 가는 중이란다.”

“할아버지?”

“그래.”

“음, 할아버지……. 뭐 상관없어.”

뭔가 고민을 하는 레이스의 모습에 현중은 고개를 갸웃거렸다. 손녀가 할아버지 보러 간다는데 왜 고민을 하는지 이유를 몰랐지만 별로 깊게 생각하진 않았다.

"메로우는 어쩌실 건가요?"

메로우는 애초에 우연히 일행에 합류하게 되었을 뿐이기에 현중이 어떻게 할 수 있는 게 아니었다.

그래도 물어보고 바다로 돌아간다면 얼마든지 보내줄 생각이었다.

"아니요. 저도 현중 씨를 따라갈게요."

현중은 굳이 자신을 따라가겠다는 메로우의 말에,

"바다 곁에 있어주어야 하는 게 아니었나요?"

북극에서 자신이 그토록 돌아가고자 했던 과거를 포기하면서까지 바다 곁에 남기를 선택한 메로우라면 아마 바다로 다시 돌아갈 것이라고 현중은 생각했다.

메로우는 고개를 저었다.

"현재 제가 어떻게 한다고 해서 바뀔 수 있는 것은 없어요. 그저 전 바다 곁에서 노래를 불러주는 게 전부니까요. 그리고……."

말을 슬쩍 흐리더니 현중을 바라보면서,

"현중 씨에게 전… 어떤 존재인가요?"

"……?"

현중은 메로우의 돌발 질문에 똑바로 바라보다가,

"친구일까요?"

솔직히 메로우와 현중은 여러 가지로 닮은 점이 많았다.

고독을 알고, 인간의 모습이지만 인간이 아닌 존재였고, 뭐랄까, 인간과 다른 사고방식부터 보는 시각이 다른 것까지 너무나 닮은 점이 많은 것이다.

그리고 현중은 메로우와 이야기하면 왠지 편했다.

"친구니까 저도 같이 가겠다는 거예요."

현중의 친구라는 말이 마음에 들었는지 메로우는 활짝 웃었다.

"친구라서라……. 그렇군요. 뭐… 상관없겠죠."

사실 메로우가 뭔가 특별한 힘이 있는 것도 아니기에 사실 현중과 함께한다고 해도 크게 문제될 것은 없었다.

오히려 후방에서 레이스 곁에 있음으로써 어느 정도 현중에게 안심이 되는 것도 있기에 받아들이기로 했다.

반대로 이제 함께해야 할 국가 공인 마스터들이 어떻게 보면 현중에게는 문제가 될 소지가 많았다.

어쭙잖은 힘이 있으니 어떻게 돌발적으로 움직일지 모르기 때문이다.

옛말에 어쭙잖은 힘은 오히려 없느니만 못하다고 했다. 아예 힘이 없다면 덤빌 생각을 하지 않는 게 인간이다. 하지만 아주 조그마한 힘이라도 생긴다면 그 힘을 믿고 기적을 기대하면서 불속이라도 달려드는 게 바로 인간이었다.

현중은 바로 그런 인간의 속성 때문에 끝까지 고민했던 것이다. 자신이 아무리 마족을 처리할 수 있는 무기를 만들어준다고 해도 그걸 사용하는 존재에 따라 무기의 능력은 천차만별이 되니 말이다.

무사가 들면 살검이 되고, 요리사가 들면 조리용 칼이 되는 게 바로 칼이다.

현중의 지금의 능력과 힘이면 웬만한 서열 마족도 상대할 수 있는 무기를 만들어줄 수 있었다. 하지만 현중이 해줄 수 있는 것은 거기가 끝이었다.

어떻게 사용하고 어떻게 활용하느냐는 모두 각자의 몫이니 말이다.

'고민해 봐야 해결되는 것은 없다. 그리고 이런 건 나답지도 않고.'

현중은 부쩍 되살아나고부터 생각이 좀 많아졌다는 생각을 하고서는 쓸데없는 잡념을 떨쳐 버리듯 고개를 흔들었다.

그리고 한 가지 말만 반복적으로 떠올랐다.

'모든 것은 흐르는 대로… 순리대로.'

어차피 선택은 각자의 몫이고 그 책임 또한 각자의 몫이다.

그리고 레이스를 맡겨야 하기에 모든 것을 밝혀야 했다.

자신이 어째서 레이스를 그토록 중요하게 생각하는지, 그리고 앞으로 어떤 일이 일어나는지도 말이다.

대충이 아닌 확실하게 말이다.

"현중~ 다 했어!!"

레이스는 그 작은 손으로 테른을 돕는다고 돌아다녔지만 실질적으로 크게 도움이 되진 않았다.

어차피 테른의 아공간에 쑤셔 넣는 게 전부였으니 말이다.

그런데 특이하다고나 할까?

아무도 테른의 흑발과 흑안에 대해서 이상하게 생각하지 않는 모습이었다.

굳이 묻지도 않는데 설명해 줄 필요를 느끼지 못한 현중도 모른 척 넘기긴 했지만 왠지 레이스와 메로우는 어쩌면 현중과 달리 테른의 본모습을 알고 있었던 것이 아닐까 하는 생각이 잠깐 들었다.

레이스야 미래를 보는 능력이 있으니 그냥 그러려니 하지만 메로우는 현중으로서도 아직 신비한 것이 많은 편이었다.

힘은 없지만 드래곤에 버금가는 능력은 있었으니 현중이 모르는 능력이 아직 얼마나 더 있을지는 미지수였다.

거기다 인어답게 바다에서는 거의 절대적인 능력을 발휘할 수 있는 게 바로 인어이기도 했다.

"가자."

현중이 손을 내밀자 레이스는,

덥석~!

양손으로 매달리듯 잡았고, 메로우는 조용히 현중의 손을
잡았다.

스윽~

무인도에서 조용히 그렇게 현중과 레이스, 그리고 메로우
는 사라져 버렸다.

—그럼 뒷정리를 좀 해볼까?

테른은 현중이 떠난 뒤에도 혼자 남아서는 흔적을 지우듯
잠시 몇 번 더 움직이다가 떠났다.

무인도에서 테른이 사라졌을 때쯤 현중은 제법 높은 건물
의 옥상에 서 있었다. 레이스와 메로우를 데리고 함께.

"여기는 어디야?"

레이스는 자신이 처음 보는 곳이라 그런지 대뜸 현중에게
물었고, 현중은,

"미국이야."

"미국?"

현중의 미국이라는 말에 레이스는 순간 표정이 살짝 어두
워졌다가 다시 웃었다.

하지만 그 짧은 순간이지만 억지로 웃는 듯한 레이스의 모
습을 현중은 바로 알아챘다.

미국이라면 레이스에게는 그리 좋은 기억이 없는 나라였
으니 웬만하면 현중도 피하고 싶었다.

하지만 운이 없게도 마리아와 데이비드를 제외한 모든 국가 공인 마스터가 하필 베이스퍼와 같이 미국에 머물고 있었기에 어쩔 수 없이 와야 했다.

"그럼 이제 어디로 가죠?"

메로우는 현중이 아무런 계획 없이 움직일 리 없다는 생각을 하고 있었다.

그런데 이곳 건물의 옥상에 모습을 드러내고 나서 아무 데도 가지 않고 가만히 아래만 바라보면서 시간을 때우는 모습에 슬쩍 물어보자,

"이제 데리러 올 겁니다."

"…데리러?"

"베이스퍼의 제자들이 이곳으로 오기로 했거든요."

"아……!"

메로우는 그제야 현중이 왜 아래쪽을 살피면서 가만히 이곳을 벗어나지 않는지 알게 되었다. 의문을 접은 그녀는 어디론가 가자고 칭얼대는 레이스를 달래주기 위해 다가갔다.

현중은 베이스퍼의 능력을 알기에 위치만 말하면 아마 늦지 않을 것으로 생각했기에 조금 더 기다려 보기로 했다.

사실 지금 원래 만나기로 한 시간보다 30분 정도 더 흐른 상태였다.

메로우는 몰라도 레이스는 아직 어리다 보니 어디 한곳에

조용히 있는 게 힘든지 칭얼거렸고, 메로우가 달래고 있지만 아마 그것도 조금 더 시간이 지나면 힘들 듯 보였다.

"늦는군."

약속을 한 지 벌써 30분 넘도록 아무도 오지 않고 있었다.

현중이 이대로 직접 찾아갈 것인지 아니면 조금 더 기다릴 것인지 고민하기 시작했을 때,

"……!"

현중의 감각에 열 명의 사람이 다가오는 기척이 느껴졌다.

'열 명?

베이스퍼의 제자가 그리 많지는 않다고 알고 있다. 그리고 현중을 마중 오는 데 열 명이나 되는 사람이 온다는 게 가장 먼저 현중에게는 의문이었다.

거기다 열 명에게서 느껴지는 마나의 흐름이 왠지 꺼림칙하다는 것도 이상했다.

사실 현중이 지금 올라오고 있는 사람들을 이상하게 생각하게 된 가장 주된 원인이 바로 이 마나의 느낌이었다.

뭐라 말로는 표현할 수는 없지만 이번에 되살아나면서 처음 느끼게 된 것이기에 더욱 현중은 조심하고 있었다.

마나의 느낌이 다른 것은 이미 알고 있었지만 마나의 느낌이 꺼림칙한 것은 처음이었다.

마치 싫은 사람이 나쁜 감정을 가지고 다가오고 있는 것 같

은 느낌이랄까?

마나의 느낌이 이렇게 불쾌하게 느껴지는 것도 처음 느껴 보는 것이라 자연스럽게 현중도 약간의 긴장을 하기 시작했다.

"왔군."

현중은 메로우와 레이스를 불러서 자신의 뒤로 오도록 했다. 10층이 넘는 높이의 건물 옥상이라 저들도 시간이 걸릴 테지만, 현중은 방심하지 않았다.

"누가… 오네요?"

메로우는 이제야 인기척을 느꼈는지 현중의 말에 조용히 따라왔지만 레이스는 왠지 뭔가를 본 듯 현중에게 눈을 돌렸다.

"현중."

"응?"

"죽이지는 마."

"……."

의미 모를 말만 하고는 메로우의 곁으로 천천히 걸어가는 레이스였다.

'죽이지는 말아달라……. 역시 이 불쾌한 마나의 느낌이… 그건가.'

레이스의 말에 확신을 한 현중은 슬쩍 고개를 돌리더니 레이스와 메로우가 있는 곳을 향해 손바닥을 향했다.

스팟!!

그러자 정확하게 레이스와 메로우가 서 있는 곳 발밑에서 푸른빛이 번쩍이더니 물 흐르듯 글자와 도형을 그리기 시작했다.

"……?"

레이스는 지금 발밑에 그려지는 것이 뭔지 몰라서 고개만 갸웃거리고 있지만 메로우는 뭔가를 아는 듯 흠칫 놀라는 표정을 지었다.

그러는 사이에 마법진이 완성되자,

"테른."

현중은 나직이 테른을 불렀고, 현중의 그림자에서 불쑥 나타난 테른은 레이스와 메로우의 발밑에 그려진 마법진을 보았다.

―링크~ 발동!

간단하게 한마디 하고는 테른은 다시 현중의 그림자 속으로 사라져 버렸다.

그런데 그와 동시에,

스팟!!

마법진이 출렁거리면서 발밑에서 떠오르더니 메로우의 머리 위까지 솟았다.

솟아 오른 마법진에서 푸른빛의 투명한 물이 흘러내리듯 막이 쏟아져 흐르면서 실드를 형성했다.

"안에서 나오지만 않는다면 안전할 겁니다."

끄덕!

메로우는 현중의 말에 고개를 끄덕이더니 레이스의 손을 꼬옥 잡았다.

레이스도 미래를 본 듯 조용히 메로우 곁에 머물러 있긴 했지만 아주 작게 중얼거리는 것을 현중은 들었다.

"죽이지는 마."

"훗."

작게 중얼거리는 거였지만 현중에게는 바로 옆에서 말하는 것같이 크게 들렸으니 지금 그 현중의 웃음은 어떻게 보면 알았다는 대답이기도 했다.

끼이익!!

완벽하게 레이스와 메로우를 앱솔루트 실드로 보호하고 나서 현중은 팔짱을 끼고서는 가만히 서 있었다.

그런 현중의 앞에 검은 선글라스에 검은색 넥타이, 그리고 검은색의 정장을 입은 남자들이 모습을 드러냈다.

'…맨 인 블랙인가?'

순간적이지만 1997년도에 본 적이 있는 영화인, 외계인을 상대로 특수 임무를 띤 요원을 다룬 영화인 맨 인 블랙이 생각나는 옷차림에 잠시 딴생각을 했다.

저벅저벅.

"김현중?"

선글라스도 벗지 않고 대뜸 현중에게 이름 석 자만 물어보는 모습에 현중은 순간 눈썹이 살짝 움직였다.

그는 대답하지 않고, 횡으로 늘어서서 마치 도망가는 길을 막는 듯 서 있는 열 명의 맨 인 블랙을 살펴봤다.

"김현중 맞나?"

현중은 재차 묻는 녀석에게 고개만 끄덕였다.

"같이 가주었으면 한다."

그리고 별다른 말도 없이 그들이 양쪽을 바라보자 기다렸다는 듯 현중을 에워쌌다.

부스럭.

현중도 녀석들이 자신을 둘러싸자 그제야 팔짱 끼고 있던 것을 풀고 정면에서 재수없게 입가를 씰룩이고 있는 녀석을 향해,

"CIA인가?"

"……."

현중이 묻자 대답은 하지 않았지만 현중의 귀에 똑똑히 들리는 심장 박동의 소리가 대답을 대신해 주었다.

"나에 대한 정보가 샜군."

현중이 테른을 통해 베이스퍼에게 만남을 요청한 것이 어제. 그러나 이 자리에 나타난 것은 CIA라는 것은, 중간에서 정보가 샜다는 판단밖에 할 수 없었다.

그런데 그런 현중의 모습에 정면의 녀석은 오히려 웃으면서 자신의 겨드랑이 쪽에서 권총을 꺼내 안전장치를 풀었다.

"조용히 따라오는 게 좋아."

한마디로 서툰 짓 하면 재미없을 거라는 뜻이다. 그런데 이런 상황에도 현중은 느긋하기만 했다.

그때,

"리더."

"왜 그래?"

"저기… 이거 뭐죠?"

현중을 둘러싸다가 레이스와 메로우를 확인한 CIA 녀석들은 영국에 있어야 할 레이스가 왜 이곳이 있는지 알 수 없었다. CIA에서도 극비 인물에 속해 있는 레이스를 그들은 알고 있었다.

그런데 레이스와 메로우의 곁으로 다가갈 수가 없었다.

마치 투명한 막이 막고 있는 것처럼 요원들의 접근을 막아 버린 것이다.

쾅쾅!

탕탕!!

발로 차보고 권총으로 쏘기까지 했지만 흠집은커녕 흔적조차 남지 않는 상황에 요원들이라도 이렇다 할 방법이 없었다.

덥석!

리더라고 불린 현중의 정면에 있던 요원은 대뜸 현중의 멱살을 잡고서,

끼릭!

현중의 관자놀이 쪽에 총부리를 대더니,

"풀어."

단번에 현중 때문이란 것을 눈치챈 요원의 리더가 현중을 협박했지만 그런 협박에도 현중은 오히려 씨익 웃었다.

오히려 그는 자신의 관자놀이를 위협하고 있는 권총을 손가락으로 톡톡 건드렸다.

톡톡.

"나를 죽여서 데려오라고 했나 보지?"

"…이이익……."

웬만하면 머리통에 권총이 겨눠지면 누구든지 놀라고 겁을 먹게 마련이다.

하지만 현중은 완전히 달랐다. 처음부터 마치 자신들이 오는 것을 알고 있기라도 한 듯 여유롭게 기다렸고, 맞이한 것이다.

사실 이 높이에서 탈출하는 건 불가능했다. 거기다 이미 건너편 건물에 저격수 네 명이 대기하고 있기에 탈출은 아예 꿈도 꾸지 못할 수밖에 없다.

하지만 이처럼 여유로운 모습이 요원들의 리더인 녀석이 보기에는 신경에 너무나 거슬렸다.

마치 언제든지 처리하고 사라질 수 있다고 말하는 것처럼 웃고 있으니 말이다.

탕!

요원의 리더는 현중에게 협박이 먹히지 않자 바닥을 향해 권총을 한 발 발사했다.

퍽!!

총알의 위력에 시멘트 바닥이 깊게 파였고, 진한 화약 냄새가 현중의 코를 자극했다.

그런데 그 권총을 다시 현중의 관자놀이 쪽으로 가져간 리더는,

"풀어라. 마지막으로 말한다."

씨익~

현중은 이번에는 아예 대답 대신 대놓고 웃었다.

"…이 녀석이!!"

결국 현중의 태도에 화가 난 리더가 권총의 손잡이로 현중의 머리를 후려치려고 팔을 뒤로 뻗었다.

그런데 그 순간,

"……!!"

리더는 한순간에 분위기가 뒤바뀐 현중의 무서운 눈빛과 마주치는 순간 온몸이 얼어붙은 듯 멈춰 버렸다.

그리고 현중은 천천히 자신의 멱살을 잡고 있는 녀석의 손을 풀어버리고는,

"장난은 여기까지다."

그 말을 끝으로 사라져 버렸다.

"……!!"

"찾아!!"

갑자기 자신들의 시야에서 사라져 버린 현중의 모습에 당황했는지 요원들이 품에서 권총을 모두 꺼내 주변을 두리번거렸지만 현중을 찾을 수 없었다.

그런데 그 시각 현중은 건너편 건물에 있었다.

빠득!

마지막 저격수의 목을 비틀어 버린 현중은 쓰레기를 버리듯 죽은 스나이퍼의 몸을 뒤로 던졌다.

"생각보다 정보가 많이 샜군."

저격수까지 배치했다는 것은 이미 현중이 이곳으로 오는 것 자체가 완전히 오픈되었다고 봐야 했다.

지금도 현중을 찾아 두리번거리고 있는 요원들을 보면서

현중은 중얼거렸다.

"죽이지만 않으면 되려나?"

씨익~

죽여도 상관은 없지만 일부러 죽일 필요도 없었다. 거기다 알아내야 할 정보도 있으니 말이다.

스윽~

스나이퍼들을 처리한 현중이 사라져 버렸다. 그리고 현중이 사라지자 뒤이어 테른이 모습을 드러내더니,

─쓸 만하려나?

죽어버린 스나이퍼의 시체를 슬쩍 보더니 별 고민 없이 시체를 들어 품에 안 듯 조용히, 그리고 깨끗하게 정리해 버렸다.

테른이 스나이퍼 시체를 처리하는 동안 현중은 다시 본래 자신이 있던 곳에 모습을 드러내고서는,

"나를 찾나?"

탕!!

탕탕탕탕탕!!

누가 명령한 것도 아니고 신호를 보낸 것도 아닌데 현중의 목소리가 들리자 일제히 현중이 서 있던 곳을 향해 권총을 난사하기 시작했다.

수십 발의 총알이 발사되었고,

철컥철컥.

탄창이 비어서 더 이상 총알이 발사되지 않을 때까지 쏘고 서야 겨우 총성이 멈췄다.

그런데 요원들은 다시 탄창을 갈아 넣을 생각은 하지 않고 넋 놓고 현중을 바라보고만 있었다.

"이런……."

현중의 몸 주위로 새카맣게 떠 있는 작은 것을 본 것이다.

현중의 몸에 닿기는커녕 현중의 주변으로 오던 수십 발의 총알은 허공에서 무언가에 막힌 듯 그대로 멈춰 서 있었다.

마치 현중의 몸 주위로 둥근 구체를 형상화한 것처럼 뜬 채.

"…저건… 뭐야?"

아무리 CIA 요원이라지만 상식 밖의 상황에 다들 얼이 빠져 버렸다.

총알이 허공에서 멈추다니? 이건 있을 수 없는 일이었다. 아니, 영화에서나 볼 수 있을 법한 현상이었다.

마치 매트릭스의 주인공이 총알을 멈춘 것처럼 말이다.

하지만 현중은 영화의 주인공과 달랐다. 허공에 멈춰 있는 총알을 슬쩍 보더니,

'마나를… 이렇게도 사용할 수 있구나.'

마나를 주변에 두른 것만으로도 총알을 막을 수 있을 줄은

현중도 몰랐다. 기껏해야 튕겨 내거나 적당히 막을 줄 알았지
이처럼 완벽하게 허공에 멈춰 버릴 줄은 몰랐던 것이다.

현재 현중의 힘은 자신이 생각하는 것 이상으로 강했다. 다
만 인간의 육체를 가지고 있기에 의식적으로 그 힘을 제한하
고 있을 뿐이다.

사실 지금도 허공에 잡은 총알을 곧바로 튕겨내 순식간에
요원들을 처리할 수도 있었다.

하지만 레이스의 죽이지는 말아달라는 말에 붙잡아두고
있는 것이다.

"앗!"

요원 중 하나가 순간 자신들이 이렇게 넋 놓고 있는 게 실
수라고 느꼈는지 급하게 품에서 탄창을 꺼내 자연스럽게 탄
창 분리 버튼을 눌러 빈 탄창을 버리고는,

철컥!

다시 재장전을 했다.

1초도 걸리지 않는 시간에 마치 권총을 잠깐 내렸다가 올
린 것처럼 너무나 깔끔하고 깨끗한 움직이었다.

그리고 권총을 들어 다시 현중을 겨누는 순간,

피융~!

퍽!!

"크윽!"

파공성이 들리더니 요원의 어깨에 타는 듯한 고통이 느껴졌고, 그대로 쓰러져 버렸다.

"뭐냐!!"

갑자기 옆에 있던 동료가 쓰러지자 놀란 듯 소리쳤지만 곧,

피융!!

하는 파공성이 들리면서 똑같이 어깨를 맞고 쓰러져 버렸다.

"나름 괜찮네."

현중은 손가락을 오므렸다 팅기면서 허공에 떠 있는 총알을 때렸다.

그것은 오히려 권총에서 발사된 것보다 더 빠르고 정확하게 어깨의 급소만 골라서 박혀 버렸다.

"말도 안 돼. 이건……."

사람이 손가락을 팅겨서 총알을 쏘는 것은 있을 수 없는 일이다.

지금 그 있을 수 없는 일이 자신들의 눈앞에서 벌어지는 모습에 요원들은 경악을 금치 못했다.

그러나 그들도 잘 훈련된 요원들이다. 놀라는 것과 반대로 몸은 빠르게 탄창을 바꿔 끼웠다.

기계처럼 훈련된 움직임으로 1초도 걸리지 않는 시간에 남은 일곱 명의 요원이 탄창을 바꿔 끼웠다.

하지만 그들의 총부리가 현중을 향하기도 전에,

피융~ 피융~ 피융~ 피피피융~

정확하게 일곱 발의 총알이 공기를 찢는 듯한 파공성을 울렸고,

퍼걱!

"크악!"

털썩!

정확하게 어깨의 급소를 파고 들어가 버렸다.

각자 주로 사용하는 오른손의 어깨에 총알이 박힌 것도 고통스럽겠지만 상반신에 마비를 일으키는 혈도를 정확하게 찔러서 그런지 쓰러진 요원들이 다시 일어나는 일은 없었다.

오히려 온몸을 부들부들 떨면서 마치 전기에 감전된 듯 온몸을 뻣뻣하게 펴고서 꿈틀거릴 뿐이다.

그리고 현중이 고개를 돌리자,

후드드득.

그동안 현중의 주위에 떠 있던 총알들이 힘없이 바닥으로 떨어져 버렸고, 그런 모습을 똑바로 바라본 요원들의 리더 녀석은 돌아본 현중과 눈이 마주치자,

흠칫!

온몸이 흔들릴 만큼 놀랐다.

씨익~

그런 리더의 모습에 현중은 천천히 다가가면서,

"누구냐?"

별다른 서론도 없었다.

그저 다가가 귓가에 조용히 한마디 했을 뿐이다.

"…모, 모른다."

"모른다……."

현중은 리더의 말에 슬쩍 입가에 미소만 짓고는 천천히 걸어 몇 걸음 되돌아가더니 허리를 숙여 땅에 떨어진 총알 하나를 집어 들었다.

그리고 손가락을 튕기는 모양을 하고서 총알을 손가락 사이에 끼우고는 리더의 관자놀이로 슬쩍 가져갔다.

"누구냐?"

조금 전 현중에게 리더가 했던 행동을 그대로 되돌려 주고 있었다.

덜덜덜, 덜덜덜.

현중의 눈빛에 심신이 제압당해 움직일 수는 없지만 극도의 공포로 인해 몸이 떨리는 것까지는 어쩔 수 없었다.

서 있는 그대로 심하게 떨고 있는 리더의 모습에도 현중은 눈빛 하나 바꾸지 않고서 다시 물었다.

"마지막이다. 누구냐?"

"……."

극도의 공포를 느끼고 있지만 리더가 끝까지 대답하지 않
자 현중도 별수 없다는 듯 녀석의 선글라스를 손수 벗기더니
똑바로 눈동자를 마주 바라봤다.

심하게 떨리는 눈동자와 함께 현중이 천심통을 사용하자
순식간에 녀석의 머릿속의 생각이 현중에게 읽혔다.

그중에 낯익은 이름 하나가 있었다.

"그레이 파튼이라……."

"헉!!"

리더는 현중이 더 이상 묻지도 않고 자신의 눈동자만 바라
봤을 뿐인데 이번 계획을 지시한 수뇌가 누군지 단번에 알아
차리자 피가 얼어붙는 듯 놀랐다.

하지만 그건 시작에 불과했다.

"CIA 특수부 마이클 폴 요원이군. 요원 생활한 지 15년이
라……. 베테랑이군."

"……."

후덜덜덜.

폴은 지금 현중이 한마디 할 때마다 가슴이 무너져 내리는
느낌을 받고 있었다.

마치 원래부터 알고 있는 듯 너무나 태연하고 자연스럽게
현중의 입에서 술술 정보가 나오고 있으니 말이다.

"넌… 도대체… 누, 누구냐?"

폴도 이 정도가 되니 현중이 인간이라는 생각이 더 이상 들지 않았다.

총알이 허공에서 멈추고, 손가락을 튕겨서 총알을 되돌려 보내지를 않나, 눈동자만 보고 생각을 읽어내는 능력은 더 이상 사람이라는 생각을 가지지 못하게 했다.

그때,

쾅!!

다다다다닥!

급하게 옥상으로 뛰어 들어온 세 명의 흑인이 현중의 눈에 보였다.

"……?"

현중은 폴을 기절시켜 한쪽으로 치우고는 뒤늦게 들어온 세 명의 흑인을 바라보았다.

그들은 평범한 옷차림이었다. 청바지를 입은 사람도 있고 면바지를 입은 이도 있었으며 그중에 한 명은 슬리퍼를 신고 있기도 했다.

"어라? 끝났네?"

세 명의 흑인 중에 가장 나이가 들어 보이는 남자가 주변을 보고는 허탈한 듯 한마디 하더니 긴장을 풀고 현중에게 다가왔다.

"김현중 씨 되십니까?"

“네.”

현중은 그들의 마나의 느낌을 가지고도 누구인지 대번에 알아냈다.

“전 로빈입니다. 베이스퍼 스승님의 지시로 왔습니다만… 역시 스승님의 말대로군요.”

“……?”

현중이 베이스퍼가 뭐라고 말했는지 몰라 슬쩍 고개를 갸웃거리자 로빈은 웃으면서,

“김현중 씨를 상대하려면 최소한 미국 전체가 덤벼야 한다고 하셨거든요.”

“후후훗.”

현중은 베이스퍼가 그런 말을 했다는 것에 조용히 웃고는 뒤를 돌아보고,

딱!

손가락을 튕기자 레이스와 메로우를 보호하고 있던 앱솔루트 실드가 거짓말처럼 사라져 버렸다.

“모시겠습니다.”

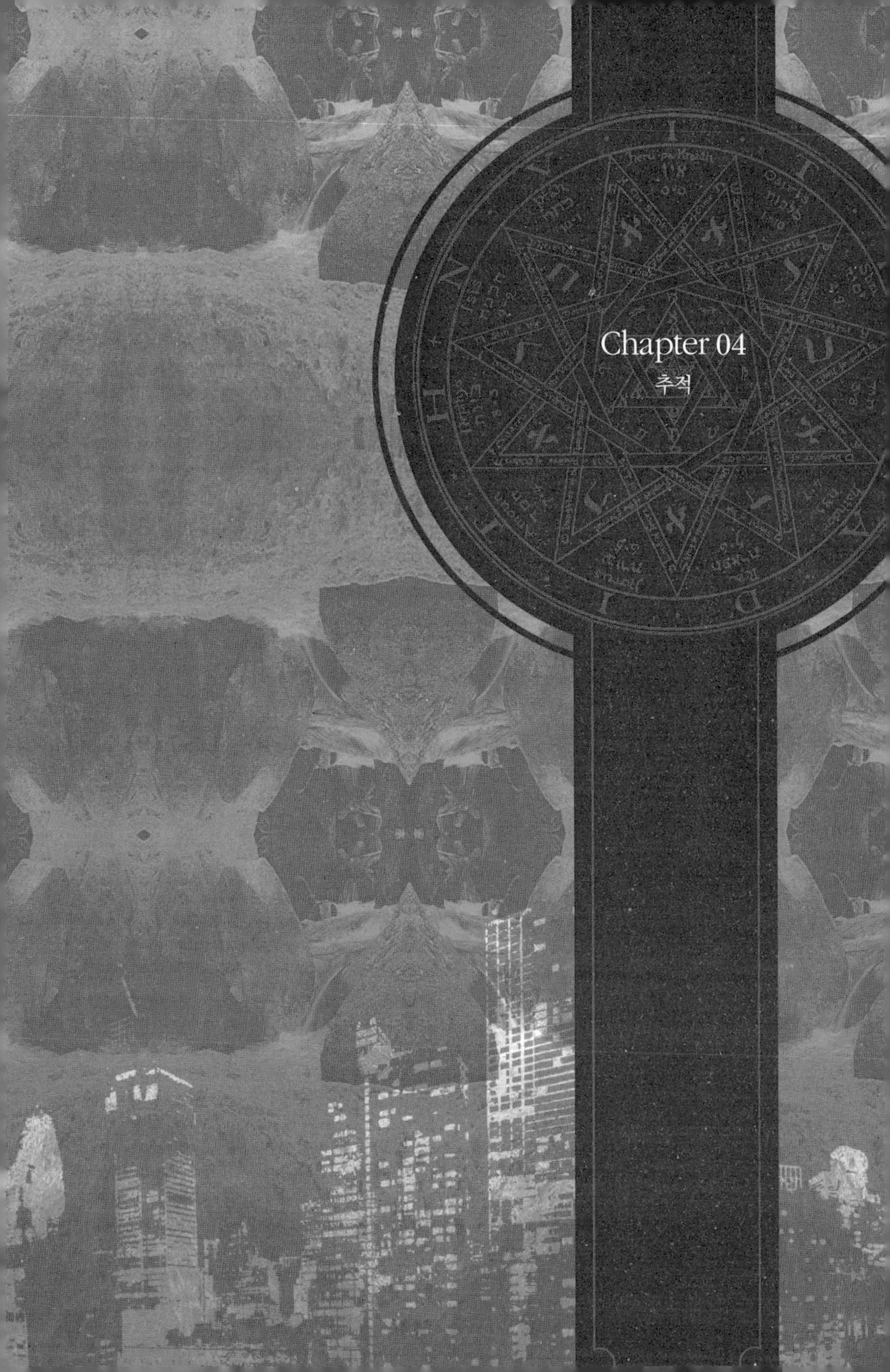
Chapter 04
추적

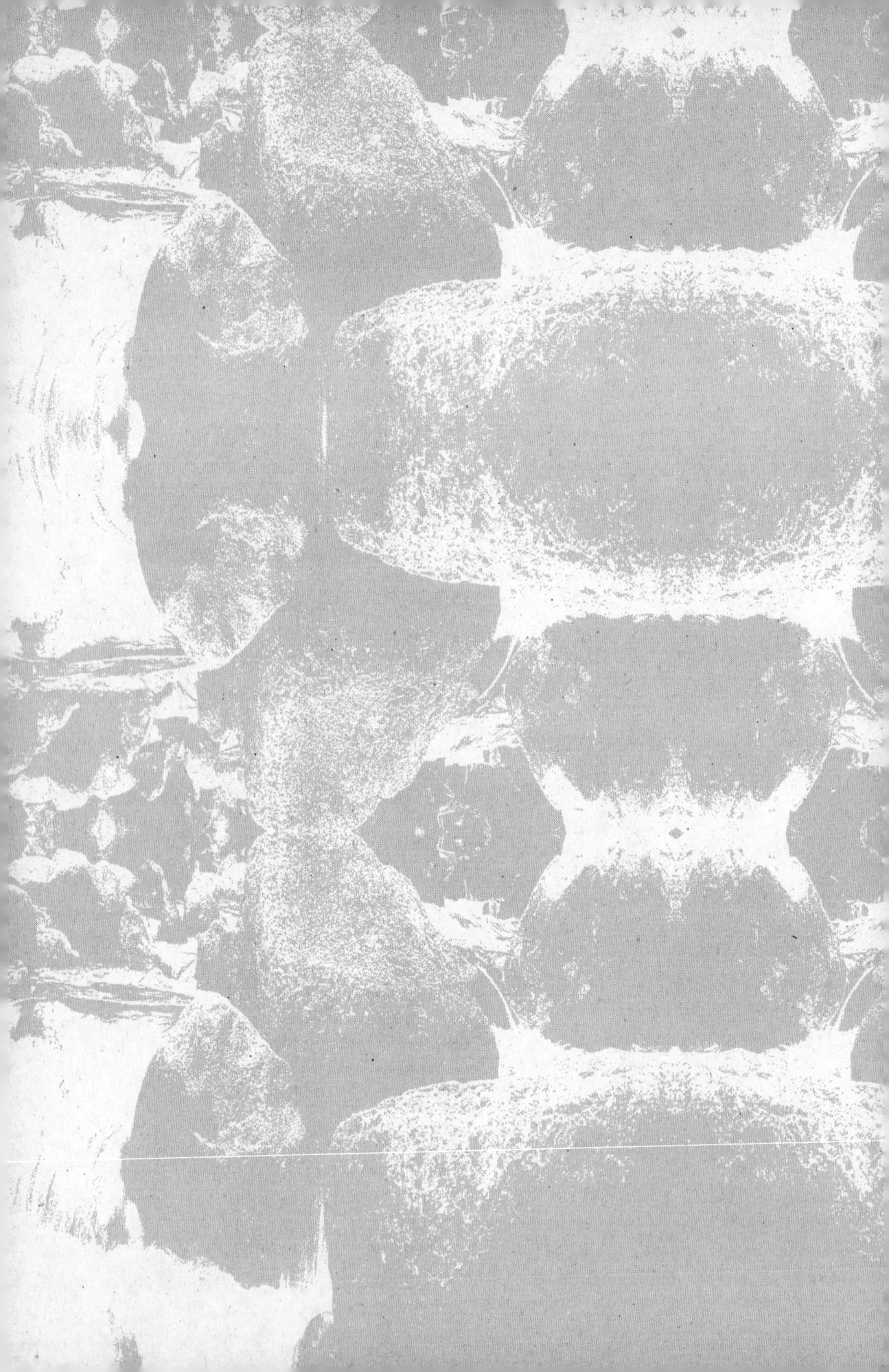

CIA 요원 열 명을 상대로, 그것도 어린애와 여자를 대동한 채로 조금의 상처는커녕 옷에 먼지 하나 묻어 있지 않는 현중의 모습에 베이스퍼의 제자인 로빈의 눈빛이 번뜩였다.

아무리 초인이라도 누군가를 보호하면서 싸운다는 것은 사실상 엄청난 핸디캡을 자기고 있는 것이나 다름없다.

실제로 베이스퍼도 현중과 같은 상황에 놓였다면 어느 정도 피해를 감수해야만 할 것이다.

거기다 스나이퍼도 네 명이나 투입되었던 상황인 것까지 알았다면 더욱 놀랐을 것이다.

"곧 다른 요원들이 들이닥칠 것입니다."

로빈은 현중을 재촉했다.

요원 열 명이면 솔직히 충분하다고 생각했기에 CIA에서도 움직였지만 상황이 완전 역전되어 버린 현재 누군가가 이미 지원 요청을 했을지도 몰랐다.

로빈은 저들의 행동 패턴을 누구보다 잘 알고 있기에 서두른 것이다.

하지만 현중은 오히려 천천히 걸어가면서 레이스와 메로우를 대동한 채 베이스퍼의 제자 곁으로 다가오더니,

"베이스퍼는 지금 어디에 있죠?"

"조금 먼 곳입니다. CIA의 눈길을 피해서 저희가 마련한 아지트에 계십니다."

"그럼 그곳을 로빈은 알고 있겠군요."

"네. 하지만 서두르지 않으면 추적을 받을 수 있습니다."

로빈은 이미 위성이 자신들을 추적하고 있을 것이라고 짐작했고, 그 짐작은 맞았다.

그리고 현중이 CIA 요원들을 처리하는 모습이 그대로 녹화되어 CIA 본부에 저장되고 있었다.

물론 현중은 그러든지 말든지 별 상관 없었지만 말이다.

하지만 지금 베이스퍼가 머물고 있는 아지트가 발각되는 것은 조금 문제가 심각해질 수도 있기에 로빈은 서둘렀다.

그런데 어째서인지 현중은 느긋하기만 했다.

거기다 전혀 생뚱맞은 질문을 로빈에게 하기 시작했다.

"제 팔을 잡으세요."

"네? 그게… 갑자기 무슨……."

당장 건물을 벗어나도 시원찮을 판에 자기 팔을 잡으라고 하는 현중의 말에 로빈이 머뭇거리자,

"아지트로 가야 하지 않나요?"

"그야 당연히……. 얼른 내려가서 서두르면……."

대답하는 로빈의 손을 현중이 강제로 잡더니 자신의 팔에 끼워 넣고는,

"다른 분도 잡으세요."

"……?"

"…뭘 어떻게 해야……."

영문을 몰라 하는 다른 두 명이 로빈의 눈치를 보았다. 로빈이 별수 없이 고개를 끄덕이자 약간은 꺼림칙한 표정으로 현중의 곁으로 다가가 팔을 붙잡았다.

"로빈 씨."

"네."

"아지트를 강하게 떠올릴 수 있나요?"

"떠올리다니… 어떻게……?"

떠올린다는 의미를 잘 모르는 로빈이 되물어보자 현중은,

"그냥 생각하면 됩니다. 집중해서 말이죠."

"그거야 당연히 쉽게……."

스팟!!

로빈의 말이 끝나기도 전에 옥상에서 현중과 그 일행은 사라져 버렸다.

한편 현중이 갑자기 위성 카메라에서 사라져 버리자 지금까지 감시하고 있던 CIA 본부에서는 난리가 났다.

"뭐야?!"

"그게… 사라져 버렸습니다."

쾅!! 펄럭!!

강하게 책상을 내려친 충격으로 쌓여 있던 서류가 한쪽으로 밀려 떨어졌다.

자료가 온통 바닥에 흩어져 버렸지만 지금은 그게 중요한 게 아니었다.

"그게 말이 된다고 생각해?"

"국장님, 그게… 직접 보면 아실 겁니다."

"이것들이! 장난해, 지금?"

CIA국장은 지금까지 잘 감시하고 있던 용의자가 갑자기 사라져 버렸다는 보고에 눈을 부라리면서 위성 감시카메라 녹화 테이프를 확인하기 시작했다.

그런데 테이프를 보기 시작한 지 몇 분이 흘렀을까.

턱.

국장은 자신이 손에 들고 있던 만년필을 바닥에 떨어뜨리고도 모르는지 시선이 녹화 테이프에서 떨어질 줄을 몰랐다.

그리고 현중이 사라지는 것을 끝으로 녹화 테이프가 끝나자,

"…지금… SF 영화 찍냐?"

국장도 어이가 없어서 부하들을 보고 말하자 보고를 올린 부하도 한숨을 쉬면서,

"저희도… 직접 보고… 국장님과 똑같은 생각을 했습니다."

"…무슨 매트릭스 영화 패러디도 아니고 총알이 허공에 멈춘다는 게 말이 되냔 말이다!"

국장은 답답함에 소리쳤지만 부하들이라고 뭐 아는 게 있어야 대답할 것이 아닌가.

"국장님, 아무래도… 마스터 같습니다."

부하는 그나마 가장 가능성이 높은 것을 말했지만 국장은 그런 부하를 노려보면서,

"병신 같은 놈! 저건 마스터도 못해!"

CIA국장도 마스터란 존재를 알고 그들의 능력 또한 어느 정도 알고 있다.

하지만 현중이 했던, 허공에 총알을 멈추게 하고 마음대로 조종하는 것은 절대로 불가능하다는 것을 누구보다 잘 알고 있었다.

마스터라고 해서 만능은 아니었다. 초인적인 능력을 발휘할 뿐이지 그 이상은 아니었던 것이다. 마스터도 총알에 맞으면 죽는다. 피를 흘리고, 힘들면 지치기도 한다.

다만 너무나 인간의 능력을 벗어난 육체적 능력 때문에 죽이는 게 불가능할 뿐이었다.

하지만 현중은 완전 그 기틀이 달라져 있는 것이다.

총알을 허공에서 멈추게 했다. 별다른 행동도 없었고 그저 서 있기만 했는데 말이다.

부하들이 권총의 탄창이 비어버릴 만큼 난사했고 사격 실력 또한 다들 달리는 차 안에서 권총을 쏴도 목표물을 마음대로 맞출 만큼 탁월한 실력을 가진 요원들이다.

그런 요원들이 실수를 했을 리도 없고, 국장 자신이 본 녹화 테이프에도 그런 게 없었다.

하지만 총알이 현중의 곁에 거의 다다랐을 때 마치 브레이크라도 걸린 듯 멈춰 버린 것이다.

거기다 그대로 허공에 머물러 있었다.

"젠장, 무슨 매트릭스 재탕도 아니고… 이게 뭐야, 도대체."

　국장은 그레이 파든의 요청으로 국가 안보에 위협이 된다
는 존재를 처리하기 위해서 부하를 파견했다.

　기껏 해봐야 테러리스트 정도라고 생각했고, 이미 접선해
야 할 위치와 시간까지 다 알고 있기에 일부러 요원을 열 명
이나 보내서 깔끔하게 처리하라고 했던 것이다.

　하지만 결과는 완전 상상을 벗어나 버렸다.

　거기다 위성 카메라가 감시하는 것을 알고 있기라도 한 듯
보란 듯이 눈앞에서 사라져 버렸다.

　위성을 총동원해서 주변 2㎞까지 검색했지만 마치 하늘로
솟은 듯 자취를 찾을 수조차 없었다.

　"국장님, 어떻게 할까요?"

　"……."

　부하의 재촉에 국장도 잠시 생각하는 듯하더니,

　"이 테이프, 그대로 그레이 파든 상원의원님께 보내."

　"네? 이걸 그대로요?"

　"그럼 그냥 놓쳤습니다 할래?"

　"아니… 그게 아니라… 이걸 누가 믿겠습니까?"

　부하는 자신이 직접 봤지만 아직도 믿어지지 않는 상황에
눈만 끔뻑거리고 있는데 이걸 그대로 그레이 파든 상원의원
에게 가져가 봐야 무슨 소리를 들을지 뻔했다.

　"그럼 뭔 방법이라도 있어? 차기 대선 후보 중에 가장 유력

한 후보가 바로 그레이 파든 상원의원이야. 그 사람한테 밉보여서 좋을 게 없다는 걸 모르나?"

"그야 그렇지만… 국장님, 최소한 약간의 편집이라도……."

"뭐?"

부하의 말에 국장이 눈을 부라리자,

"아니, 최소한 총알이… 그 매트릭스 패러디 같은 장면이라도 그냥 좀 삭제하고 보내야……."

위성에서 그냥 사라진 것은 그나마 뭔가 다른 방법이 있을지도 모른다고 짐작할 수 있지만 역시나 허공에서 총알이 멈추는 모습만큼은 도저히 어떻게 설명할 길이 없었다.

그렇기에 그건 아예 잘라 버리고 보고하자고 부하가 말하자 국장도 마음이 조금은 흔들리는 듯했다.

하지만 그레이 파든이 누구던가? 상원의원만 4선을 한, 뼛속까지 정치인인 그다. 그리고 눈치는 CIA국장인 자신보다 위에 있으면 있지 절대 아래인 사람이 아니기도 했다.

군부까지 움직일 만큼 든든한 배경을 가지고 있는 그가 지금 녹화 테이프를 보고 삭제된 것을 모른다는 것을 말도 안되었다.

"그냥 보내. 그대로."

괜히 그레이 파든의 심기를 건드리는 짓을 해봐야 좋을 게

없다고 판단한 국장이 힘없이 명령하자 부하도 결국,

"알겠습니다."

녹화 테이프를 복사하기 위해 들고 나가 버렸다.

원본을 보내줄 수는 없었다. 그레이 파든이 보고 나서 폐기해야 되는 것이기에 사본은 필수였다.

그렇게 부하가 나가자 국장도 일어서다가,

톡~!

발에 걸리는 것이 있어 내려다보고는 주워 들었는데 자신의 만년필이었다.

"젠장, 이게 떨어져도 모를 정도였나."

국장도 CIA 요원을 거쳤고 수많은 현장을 뛰었던 베테랑이다. 특히나 목숨이 오가는 작전을 여러 번 했고 그걸 성공적으로 완수했기에 지금의 국장 자리에 올라올 수 있었다.

하지만 방금 본 녹화 테이프는 그런 그에게도 그만큼 충격이었다.

위성 카메라로 감시한 것이기 때문에 그 어떤 조작이나 개입도 불가능하다.

아무리 부정하려 해봐도 영상 그대로의 일이 실제로 일어났음을 인정해야 했다.

거기다 나중에 요원들을 데리고 왔을 때 상처를 보고는 한숨밖에 나오지 않았다.

　　　　　　*　　　　　*　　　　　*

　베이스퍼는 느닷없이 자신의 눈앞에 나타난 제자들을 보고서는 놀랐다가 중심에 현중이 있는 것을 알아채고는 크게 웃어버렸다.

　"푸하하하하! 오히려 내 제자들을 보낸 게 실수였구만."

　사실 그냥 아지트를 알려줬으면 현중이 바로 왔을 테니 이런 번거로움은 필요 없을지도 몰랐다.

　하지만 이미 상황을 봐서 알겠지만 어디선가 정보가 새고 있는 것이다.

　베이스퍼가 그걸 눈치채고서는 어쩔 수 없이 번거롭더라도 이렇게 복잡하게 한 것이다. 거기다 현중이라면 레이스에게 아무런 위험이 없을 것이라는 확신을 가지고 있기에 가능하기도 했다.

　"샜더군요."

　현중은 베이스퍼를 보자마자 한마디 했고, 베이스퍼는 말없이 고개를 끄덕였다.

　"우선 이야기는 저쪽에서 하도록 하지. 그보다……."

　현중과 짧은 대화를 한 베이스퍼가 눈을 돌려 바라본 곳에는 초롱초롱한 눈으로 바라보고 있는 레이스가 서 있었다.

“할아버지가 반갑지 않은 것이냐?”

베이스퍼는 다른 평범한 손녀라면 당장 뛰어들어 가슴에 안겨야 할 것인데 레이스는 멀뚱하니 자신을 바라보고만 있는 모습이 못내 서운한지 한마디 했다.

저벅저벅.

천천히 걸어간 레이스는 베이스퍼에게 다가가 끌어안으면서,

“반가워요, 할아버지.”

“그래, 반갑구나.”

마치 다 큰 손녀가 예의를 차리고 인사하는 느낌을 받은 베이스퍼는 실망한 기색이었다.

물론 레이스가 이렇게 된 것은 베이스퍼 본인도 어느 정도 영향을 줬기에 달리 불평할 수도 없었다.

“로빈!”

“네, 스승님.”

현중을 찾아왔던 흑인 로빈이 베이스퍼의 부름에 다가오자,

“레이스와 일행에게 쉴 수 있는 방을 안내해 주거라.”

“네, 스승님.”

90도로 인사하고 난 뒤에 로빈은 레이스와 메로우를 데리고 다른 방으로 들어가 버렸다.

그렇게 레이스가 사라지자 베이스퍼는 현중을 바라보면
서,

"자네는 언제나 나를 놀라게 하는군."

베이스퍼의 장난 같은 말에 현중은 웃으면서,

"고의는 아닙니다."

"후후훗, 그렇지. 고의는 아니겠지. 하지만 설마 자네가 레
이스를 보호하겠다고 하면서 마야 곁에서 훔쳐서 달아났다는
말을 들었을 때는 나도 좀 놀랐네."

훔쳤다는 말에도 기분이 별로 나쁘지 않은지 현중은 웃는
얼굴 그대로,

"훔쳐서라도 제가 보호해야만 했으니까요."

"……."

베이스퍼는 현중의 그 말에 웃고 있던 얼굴이 천천히 사라
지면서 진지한 눈빛으로 바뀌었다.

"내가 모르는 비밀이 있군."

현재 현중은 레이스에 관해서는 그 누구에게도 자세하게
말한 적이 없다.

그렇기에 베이스퍼도 영문은 모르지만 자신이 알고 있는
현중의 성격이라면 번거롭더라도 힘들게 레이스를 데리고 다
닐 위인이 아닌 것을 잘 알기에 직감적으로 자신이 모르는 비
밀이 있다고 판단한 것이다.

　연륜이란 게 얼마나 무서운지 보여주는 것으로 베이스퍼는 자신의 경험과 느낌, 그리고 직감만으로 대충 알아내었다.

"그보다 다른 분들은 어디에 있습니까?"

"백호연과 카이쇼 무사시, 그리고 알렉산드로가 응접실에서 자네를 기다리고 있네."

"알렉산드로가 왜 여기 있습니까?"

현중도 안렉산드로가 이곳에 있는 것은 의외였다.

딸의 병을 치료하기 위해서 영국의 MI—6에 힘을 빌려주고 있기 때문에 당연히 이곳에 없을 것이라고 생각한 것이다.

물론 인공적으로 만들어진 마스터이긴 하지만 마나의 흐름과 사용법을 스스로 깨우친 알렉산드로는 자연적으로 마스터에 오른 이들과 비교해도 크게 떨어지는 실력이 아니었다.

다만 마나석으로 마나를 사용하기 때문에 마나석의 마나가 떨어지면 순식간에 평범한 사람으로 돌아간다는 게 단점이었다.

하지만 마나석은 본래 자기 복구 능력이 있기에 하루 정도만 쉬면 다시 마나를 회복할 수 있었다.

"마야가 보냈지."

"마리아가……."

현중은 마리아가 알렉산드로를 보냈다는 말에 피식 웃으면서,

“괜한 짓을 했군요.”

현중이 너털웃음을 짓자 베이스퍼는 현중에게 다시 물었다.

“한 가지만 물어보겠네.”

“네.”

“마야를 일부러 제외했나?”

테른이 갑자기 자신에게 연락을 해왔고 마스터들에게 전에 약속했던 무기를 만들어주겠다고 했다. 그런데 마야는 전혀 모르는 눈치였다.

베이스퍼는 이상함을 느끼면서도 현중과 만나 무기를 받게 되었다는 이야기를 그녀에게 전했다. 놀란 그녀는 자신도 곧장 날아가겠다고 했고, 베이스퍼는 일단 자신이 말해줄 테니 영국에 있으라는 말로 달래야 했다.

베이스퍼는 이상함을 느꼈다. 마리아는 현중의 일이라면 만사 제쳐 두고 움직이는 녀석이다. 그런 녀석이 자신이 아는 소식을 모른다는 것은 너무 이상한 일이다.

그렇기에 생각을 잠깐 하던 베이스퍼는 현중이 마리아를 일부러 제외했다는 결론을 얻을 수밖에 없었다.

“네.”

현중은 베이스퍼의 질문에 고개를 끄덕이면서 너무나 간단하게 대답했다.

그 대답을 들은 베이스퍼는 한숨을 쉬었다.

"자네의 마음을 모르겠네, 난. 물론 그 녀석이 자네를 좋아한다는 것을 나도 알고 있네. 하지만 이렇게 일방적으로 떨어뜨려 놓는 건… 솔직히 녀석의 스승인 내게는 그리 좋은 기분은 아니군그래."

솔직하게 베이스퍼는 현중이 지금 마리아를 제외한 것에 서운함을 표현했다. 현중도 충분히 베이스퍼의 마음을 이해하기에 별말 없이 고개를 끄덕였다.

"왜 그랬나?"

베이스퍼는 알고 싶었다.

우선 현중의 마음을 알아야 마리아를 어떻게든지 설득을 하든 중간에서 조취를 취할 수 있기 때문이다.

특히나 마리아는 지금 첫사랑과 같은 열병을 앓고 있는 것이나 다름없다. 때문에 베이스퍼는 현중의 지금 행동을 나름 심각하게 받아들이고 있는 중이었다.

만약에 현중이 마리아를 싫어해서 제외한 거라면 냉정하지만 자신이 나서서 마리아와 현중의 사이를 완전히 끊어놓을 생각도 있었다.

그녀가 만약에 평범하게 실연을 겪는 거라면 상관없지만 마리아의 지위와 능력이 어떻게 돌변할지 모르기에 마음을 단단히 먹고 있었다.

그런데 현중은 오히려 편안한 목소리로,

"그냥… 저 때문에 누군가가 희생되는 게 싫었습니다."

"……?"

전혀 뜻밖의 말에 베이스퍼가 살짝 놀랐다. 하지만 방금 그 말은 오히려 베이스퍼의 생각을 복잡하게 만들기만 했다.

"음, 모순이 있군. 나와 다른 마스터들은 괜찮다는 말인가?"

어떻게 들으면 기분 나쁠 만큼 엉뚱한 현중의 대답에 베이스퍼의 목소리가 낮아지면서 조금은 차갑게 변했다.

하지만 현중은 그런 것에 아랑곳없이 베이스퍼를 똑바로 바라보면서,

"그걸 듣기 위해 제가 온 것입니다."

"…알겠네."

베이스퍼는 현중이 뭔가 자신들에게 바라는 것이 있다는 것을 눈치채고는 우선 자신의 감정은 접어두고 다른 마스터들이 있는 곳으로 움직였다.

"어, 오랜만이야."

알렉산드로는 현중을 보자 손을 흔들면서 반가워했고,

"왔군."

백호연은 심드렁하게 바라봤지만 눈동자가 흔들리는 것을 보니 나름 조바심 내며 기다렸던 모양이다.

끄떡!

현중을 보고 고개만 끄덕이는 카이쇼는 별다른 말은 하지 않았지만 표정이 굳을 것을 보니 나름 머릿속이 복잡한 듯했다.

"자, 그럼 이렇게 모였으니 어디 한번 이야기를 들었으면 좋겠는데 말이야."

우선 모여야 할 사람들이 모였으니 베이스퍼가 슬쩍 멍석을 깔 듯 이야기 흐름을 주도했다.

현중은 자리에 앉지도 않은 채 한 명 한 명을 바라보고 나서 입을 열었다.

"우선적으로……."

현중의 이야기는 천천히, 그리고 그리 높지는 않지만 정확한 발음으로 모두에게 오해의 소지가 없을 만큼 확실하게 이야기를 풀어나갔다.

"……!"

"미친……."

"말도 안 돼."

대부분은 현중의 이야기가 끝났을 때 신음성을 뱉으면서 표정이 심각하게 변했지만 그런 그들은 비교도 되지 않을 만큼 놀란 사람이 있었으니, 바로 베이스퍼였다.

"……."

베이스퍼는 현중을 똑바로 바라보면서,

"사실인가?"

"네. 그것 때문에 제가 그토록 움직였던 것입니다."

"크흠……."

베이스퍼는 그 길로 잠시 입을 다물어 버렸다.

아마 머릿속이 심하게 복잡할 것이다. 그리고 왜 마리아를 제외하면서 자신 때문에 누군가가 희생되는 게 싫었다고 대답했는지 이해도 되었다.

레이스가 관련된 이상 베이스퍼는 빠질 수가 없었다. 피붙이가 있으니 당연했다.

그리고 백호연은 백련교가 연관되어 있으니 당연히 관련이 있었다.

카이쇼 무사시와 알렉산드로에게는 스스로 판단에 맡긴다고 했다.

실제로 현중의 말을 들은 두 사람의 표정은 심하게 고민하는 게 보였다.

"그래서 마야를… 제외한 건가, 자네는?"

"네. 마리아는 제가 아니면 개입할 이유가 없으니까요."

그렇다. 마리아는 현중이 아니면 지금 이 일에 개입할 이유가 없었다.

차라리 그럴 바엔 애초에 빼버리는 게 가장 확실하기도

했다.

하지만 베이스퍼는 왠지 그런 현중의 생각이 마음에 들지가 않았다.

그렇다고 사람들 앞에서 그 기분을 솔직히 말하기는 그랬기에 우선 조용히 마음속으로만 삼키고 있을 뿐이다.

"그럼 여러분의 의견을 말해주시면 감사하겠습니다."

현중은 표정의 변화도 없이 조용히 말했지만, 오히려 그런 현중의 태도가 더욱 사람들에게 생각하게 만드는 원인이기도 했다.

'그만큼 자신있는 건가?

'아, 미친……. 무슨 그리스 신화도 아니고… B급 영화도 아니고……. 미친 신 하나가 강림해서 지구 인류를 멸종시키려고 하니 그걸 막는다는 스토리를 어떻게 믿으라는 거야.'

알렉산드로는 뜬금없이 허무맹랑한 이야기를 들은 상황에 어떻게 생각할 것도 없었다.

하지만 현중의 성격을 그도 알고 있었고, 그동안 몇 번 같이 여행을 해본 결과 절대로 현중이 장난으로라도 이런 미친 소리를 하지 않을 녀석이란 것은 분명했다.

때문에 알렉산드로는 고민하지 않을 수가 없었다.

"이씨!"

머릿속이 뒤죽박죽이 될 만큼 고민하던 알렉산드로는 결국,

쾅!

탁자를 강하게 내려치고서는 벌떡 일어서더니,

"그 뭐냐, 미친놈의 신인지 뭔지 하는 놈이 결국에는 지구의 모든 인간을 멸종시킬지도 모른다는 말입니까?"

현중은 신경질적인 알렉산드로의 말에 고개를 저으면서,

"아마 1/3까지 줄이긴 하겠지만 멸종시키지는 않을 겁니다."

대륙에서도 카일라제는 자신이 관리하기 좋은 숫자로 인간을 조절해 왔었다.

인간이 너무 불어나거나 나태해지면 마족을 끌어들였고, 신벌이라는 이름으로 자기 멋대로 인간의 숫자를 조절하지 않았던가?

아마 이번에도 지구에 강림해서 지배하게 되면 거의 100% 확률로 지구의 60억이 넘는 인구 중에 40억은 지구에서 사라질 것이다.

사실 카일라제는 은근히 게으른 성격으로 번거로운 것을 싫어하고 어린애 같은 면이 많았다.

거기다 고집이 쓸데없이 강하기 때문인지는 몰라도 특정하게 어떤 종족이 득세하는 것을 싫어하는 면이 있었다.

이미 대륙의 역사를 통해 카일라제가 어떤 녀석인지 알고 있는 현중은 그것을 잘 알기에 이토록 기를 쓰고 막으려고 하는 것이다.

결과적으로 카일라제가 지배하게 되면서 사라질 40억의 인구 중에 현중이 아는 사람이 포함될 가능성이 너무나도 높기 때문이다.

그리고 알렉산드로도 그걸 알고 있기에 짜증나면서도 화가 나는 자신을 주체할 수 없었던 것이다.

"난 합니다."

알렉산드로는 결국 현중을 향해 손을 번쩍 들면서 결정을 내렸다.

"후회하지 않겠습니까?"

현중이 조용히 알렉산드로를 향해 말하자 알렉산드로는 현중의 말에 짜증을 내면서,

"젠장, 나도 위험하고 죽을 위험이 많다는 건 아는데… 내 딸이… 허무하게 죽는 것만큼은 눈 뜨고 못 보겠습니다."

결국 알렉산드로는 자신의 딸 때문에 마음을 바꾼 것이다.

"나도 하겠소."

카이쇼 무사시도 조용히 팔을 들면서 현중에게 참가 의사를 보였다.

"어차피 마족도 보았고 싸워도 봤는데 이제 와서 물러서는 것은 사무라이가 아니지. 거기다 상대가 신이라면, 뭐, 상대로서 최강이 아닌가?"

애써 대범한 척하는 카이쇼 무사시였지만 그의 목소리가 조금은 떨린다는 것을 모두가 알고 있었다.

그냥 듣기에는 미친놈이 헛소리하는 것처럼 들릴 것이다.

현중이 했던 내용 자체가 믿을 수가 없기 때문이다. 하지만 그들 모두가 현중이 어떤 사람인지 잘 알고 있기에 믿을 수 없지만, 반대로 믿을 수밖에 없었다.

지금까지 현중이 보인 능력을 모두 지켜본 그들로서는 충분히 있을 수 있는 일이었던 것이다. 마족도 판을 치는 세상인데 미친 신이 강림한다는 것을 못 믿을 게 없으니 말이다.

다만 베이스퍼만큼은 표정이 여전히 좋지 않았다.

"뭐 나야 말할 필요 없겠지?"

백호연은 현중을 향해 씨익 웃으면서 오히려 빼기라도 하면 억지로라도 따라가겠다는 듯 강한 눈빛을 보냈다.

그렇게 모두가 참가 의사를 보이고 나자 이제 남은 것은 베이스퍼뿐이었다.

하지만 베이스퍼가 빠진다고 생각하는 사람은 없었다.

레이스가 미친 신이 강림하게 될 몸이라는 것을 현중에게 들었으니 말이다.

그리고 그 때문에 현중이 레이스를 가장 가까이에서 보호하려고 한다 했으니 할아버지로서 손녀를 남에 손에 맡기는 건 아마 용납하지 못할 것이다.

스윽.

베이스퍼는 말 대신 손만 살짝 올리고 현중을 바라보면서 고개를 끄덕였다.

"그럼 모두 참여하시는 것으로 알고 우선 각자 자신의 주 무기를 이 탁자위에 올려놓으세요."

"무기를?"

현중의 말에 다들 고개를 갸웃거렸지만 시키는 대로 무기를 올려놓기 시작했다.

백호연은 자신의 양손에 착용하는 권갑과 함께 어깨를 보호하는 견갑까지 올려놓았다.

맨주먹으로 싸우는 백호연의 특성상 방어구는 사용하기에 따라 얼마든지 무기가 되기도 한다. 규칙처럼 정확하게 둘의 개념을 명확히 나눌 수는 없는 것이다.

탈각.

카이쇼 무사시도 자신의 검을 탁자에 올려놓았고, 알렉산드로는 잠시 머뭇거리더니.

"쩝, 난 이것을 가장 잘 사용하는데 말야."

하면서 권총과 대검 두 자루를 탁자에 올려놓았다.

하지만 그렇게 올려놓으면서도 왠지 주변의 눈치를 보는 것을 보니 약간은 꿀리는 느낌을 받는 모양이다.

턱!

베이스퍼도 자신의 카타나를 올려놓자 탁자 위에 일인 군
단으로 불리는 국가 공인 마스터들의 무기가 한자리에 모였
다.

사실 무기만 놓고 봐도 엄청난 가치를 지녔다. 마스터가 사
용하는 힘을 모두 감당해야 되는 무기가 보통 무기일 리는 없
으니 말이다.

"그럼 바로 바꿔 드리죠."

현중은 영문을 몰라 하는 그들이 보는 앞에서 양손을 앞으
로 내밀더니,

푸아아아!!

"……!!"

"……!!"

이곳에 있는 모두가 놀랄 만큼 엄청난 마나가 치솟았다.

펄럭펄럭!!

바람이 불지 않는 실내에서 마나의 움직임만으로도 현중
의 옷자락과 머리카락이 심하게 흩날렸다.

"…이건… 완전… 괴물이구만."

알렉산드로는 평소에 스스로를 괴물이라 칭했다. 평범함
을 벗어나게 된 자신을 자조적으로 가리키는 입버릇 같은 말
이었지만, 그는 그것이 착각임을 인정했다.

괴물은 지금 눈앞에 있다.

현중이 바로 괴물 중에서도 진정한 괴물이라 할 만했다.

마나의 움직임이 몸 밖으로 뿜어져 나오는 것도 대단한데 그 움직임에 옷자락과 머리카락이 흩날리다니 믿을 수가 없었다.

그런데 그건 시작에 불과했다.

펄럭!

"…처… 천사……!!"

현중의 등에서 푸른빛의 반투명한 날개가 치솟더니 지금 이곳을 가득 채울 만큼 커다랗게 변했다.

현중의 날개를 본 마스터들은 이제 현중을 인간인지 의심하는 듯 넋 놓고 바라보기만 했다.

거기다 마나로 만들어진 날개가 점점 커지면 커질수록 이곳 방 안의 마나의 농도가 진해지고 있었다.

알렉산드로는 전에 오리하르콘 탐험선에 있었기에 어느 정도 마나가 진해지는 것에 면역이 되어 있지만 다른 사람들은 생전 처음 겪는 느낌에 당황하기까지 했다.

그때,

스팟!!

탁자에 푸른빛이 생기면서 물 흐르듯 그림을 그리기 시작했고, 동시에 탁자 위 허공에도 똑같은 모양으로 거울에 반사된 듯 일정하게 그림이 그려지기 시작했다.

"테른!"

현중은 마법진이 완성되자 곧바로 테른을 불렀다.

아무리 신에 버금가는 능력을 가지고 있다 해도 역시나 현중은 아직 인간의 몸이기에 마법을 쓰지 못하는 제약은 어쩔 수 없었다.

지금 현중이 사용하는 것은 바로 인챈트(마법 부여) 마법이었다.

그냥 인챈트가 아니라, 아예 무기에 속성을 부여하는 인챈트 마법으로 마법의 강도로 보면 거의 드래곤이 심혈을 기울여 사용하는 것과 다를 바가 없었다.

이제는 현중이 마나를 조금 강하게 쓰면 어김없이 나타나는 등의 날개는 현중의 마나가 폭주하는 것을 조절해 주는 일종의 안전장치 역할을 하고 있었다.

다른 사람들이 보기에는 그저 경이롭고 놀라운 것이지만 현중으로서는 힘이 폭주해서 육체가 받는 부담을 줄이기 위해서 어쩔 수 없는 선택이었다.

물론 본능적으로 한 것이지만 오히려 그게 최고의 선택이 되었기에 웬만한 힘을 발휘하는 것은 날개가 계속 커지는 걸로 조절이 가능했다.

아마 현중이 자신이 가진 모든 힘을 뿜어내게 되면 현중의 등에서 나타난 마나의 날개는 지구를 감싸고도 남을 것이다.

물론 그 정도면 현중의 몸도 버티지 못한다. 말 그대로 일정하게 조절하는 것이기에 날개를 만들어내는 것도 결국 임시방편일 뿐이다.

마나의 날개가 방 안을 가득 채울 정도의 크기만으로도 드래곤에 버금가는 인챈트 마법진을 만들 수 있으니 그 이상은 현중 본인도 아직 짐작조차 못하고 있었다.

─링크!!

흑발을 휘날리며 현중의 그림자에서 튀어나온 테른은 지체할 것도 없이 곧바로 마법진에 링크를 걸어 마법진의 주인을 자신으로 바꿔 버렸다.

─크윽!!

하지만 순간 현중에게서 테른으로 주인이 바뀐 마법진에서 흘러나오는 엄청난 힘에 테른도 순간 주춤거릴 수밖에 없었다.

거의 메테오 마법(운석 소환 마법)을 사용하는 마법진과 맞먹을 만큼 엄청난 인챈트 마법이었으니 말이다.

사실 겨우 인챈트 마법에 이런 미친 마나를 사용하는 것을 드래곤이 알았다면 땅을 치면서 통곡했을지도 모를 일이다.

그만큼 현중은 최대한 그들에게 힘이 되어줄 무기를 만들어주는 데 전념하고 있었다.

─인챈트!

파악!!

테른의 시동어가 떨어지자 위에 생겼던 마법진이 천천히 아래로 내려가기 시작했다.

그와 함께 테른의 이마에도 식은땀이 흘러내렸다. 설마 인챈트 마법에 자신이 애를 먹을 줄은 생각조차 못한 것이다.

거기다 지금 인챈트하는 마법의 속성 때문에 테른은 이중으로 애를 먹고 있었다.

마족이기에 마기를 가진 테른에게 지금 인챈트 마법에 사용된 현중의 천기(天氣)의 속성을 가진 마법진은 천적이나 마찬가지였다.

특히나 현중의 천기는 마족들이 가장 싫어하고 무서워하면서도 유일하게 마족을 상처 입힐 수 있는 힘인 신성력과 같은 속성이었다.

그나마 마법진으로 만들어졌고 링크로 인해 마법진의 주인으로 인식되어 부담이 크게 다가오지 않는 것이 다행이라면 다행일 것이다.

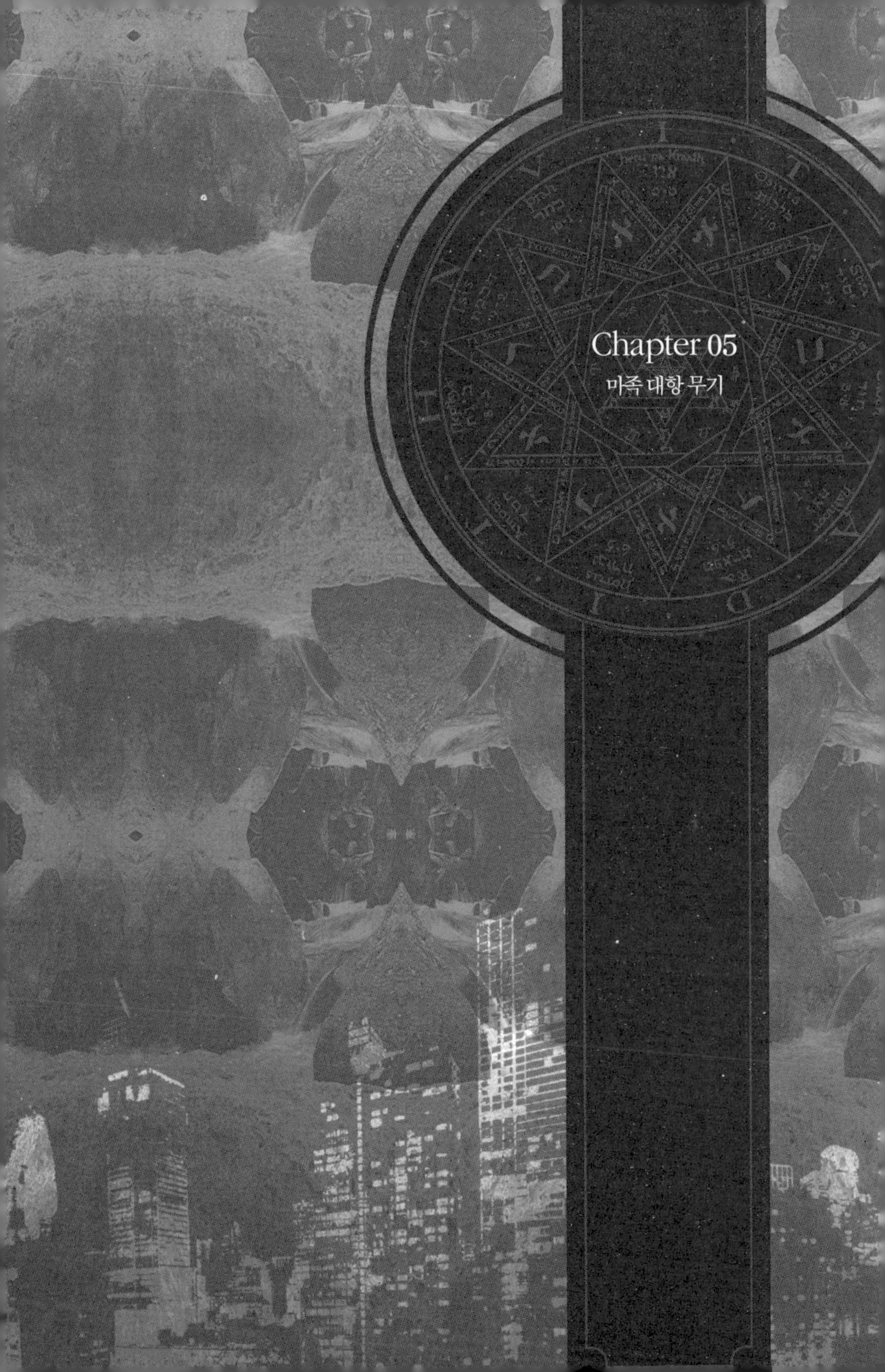
Chapter 05
미족 대항 무기

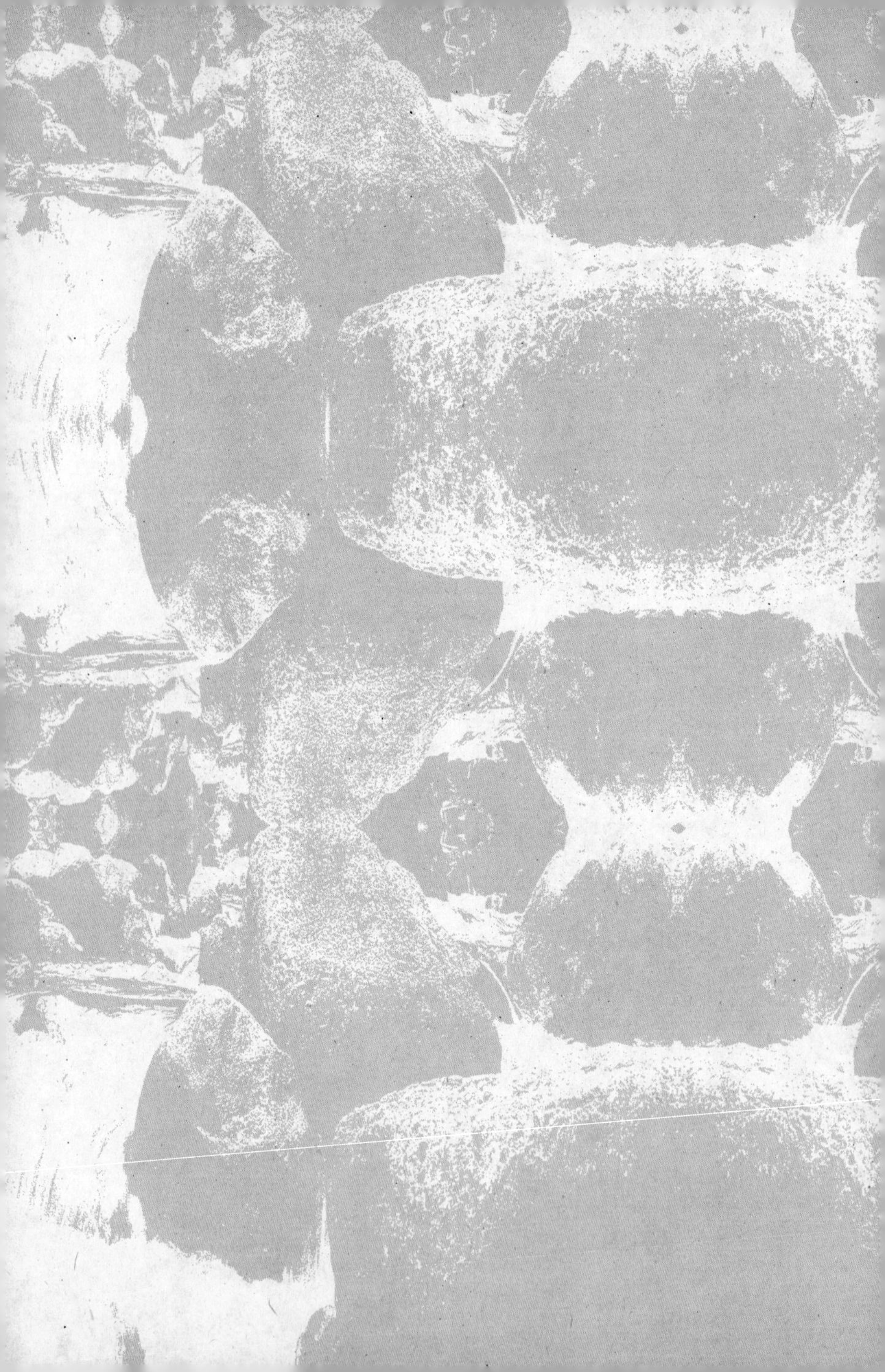

―완료!!

푸악!!

테른의 마지막 말을 끝으로 인챈트 마법진이 사라지면서 주변으로 보이지 않는 바람이 일어났다.

마스터의 경지에 이른 모두가 느낄 수 있었다.

마치 청명한 하늘 위를 날아가는 듯한 마나의 바람을 말이다.

―성공적으로 끝났습니다.

테른은 아슬아슬하긴 하지만 인챈트 마법을 성공적으로

마치고서는 현중에게 보고하고 다시 그림자로 사라져 버렸다.

그런데 이렇게 테른이 사라지는 와중에도 그 누구 하나 테른이 어디로 가는지 관심이 없었다.

"……."

"……."

이 자리에 있는 현중을 제외한 모든 이의 시선은 오로지 탁자 위에 놓인 자신의 무기에 집중되어 있을 뿐이다.

덥석!

가장 먼저 베이스퍼가 손을 뻗어 자신의 카타나를 집어 들었다.

부르르르!

베이스퍼는 카타나를 들었을 뿐인데 자신의 팔이 떨리는 것을 느꼈다.

"이런… 위압감이라니……."

거기다 카타나를 드는 순간 손을 통해 온몸에 밀려드는 엄청난 위압감에 지금도 놀라고 있는 중이다. 팔이 떨린 것도 모두 이 위압감을 견디다 생긴 현상이었다.

드르륵!

벌떡.

카타나를 집어 들고서 잠시 가만히 있던 베이스퍼가 일어서더니 천천히 뽑아 들었다.

스르릉!

거친 쇳소리가 나는 것과 동시에 뽑혀져 나온 카타나를 본 베이스퍼는 자신의 눈을 의심할 수밖에 없었다.

"이런… 말도 안 되는……."

뽑혀져 나온 베이스퍼의 카타나의 검날에서 마나가 일렁이면서 파도처럼 살아서 움직이는 게 눈에 보였다.

그걸 직접 본 베이스퍼는 놀라서 순간 검을 떨어뜨릴 뻔했다.

"말도 안 돼. 포스가… 눈에 보이면서 검에 움직이다니……."

백호연조차 자신의 권갑을 집어 들어 착용하자 베이스퍼의 카타나처럼 마나가 확연히 눈에 보일 만큼 일렁이는 것을 확인했다.

거기다 살짝 찌릿한 느낌도 있지만 오히려 그게 기분이 좋은 백호연이었다.

다른 마스터와 달리 백호연은 권갑, 견갑 모두 몸에 착용하는 것이라 다른 이들보다 마나를 직접적으로 느꼈기에 약간은 찌릿한 느낌을 받을 수밖에 없었다.

"놀랍군. 포스가… 명확하게 보여."

카이쇼 무사시도 자신의 검을 뽑아 들고 감탄을 쏟아냈다.

거기다 검을 잡자 자신의 몸에서 마나석이 꿈틀거리는 걸 느낄 수 있었다.

'이건… 마나석이 왜……?'

마치 현중의 마나를 머금은 검이 인도하듯 카이쇼 무사시의 마나가 멋대로 움직이더니,

쩌어억, 쩌걱.

'깨어진다!!'

자신의 단전에 있는 마나석이 깨어지는 소리를 듣게 된 것이다.

'안 돼!! 안 돼!!'

갑작스럽게 벌어진 일에 카이쇼 무사시 혼자 식은땀을 흘리면서 마나를 바로잡기 위해 온갖 노력을 했다.

그걸 눈치챈 것은 현중이 유일했다.

카이쇼 무사시와 같이 알렉산드로도 탁자 위에 올려두었던 대검을 양손에 집어 든 순간,

'컥!!'

소리없는 마나의 움직임을 느꼈고, 어떻게 할 사이도 없이 마나가 제멋대로 움직이기 시작했다.

쩌어억.

카이쇼 무사시와 똑같이 알렉산드로도 자신의 뱃속에 있는 마나석이 깨어지는 소리를 들을 수 있었다.

카이쇼 무사시와 달리 알렉산드로는 특별하게 마나에 대한 지식이 없었다.

하지만 본능적으로 지금 마나를 바로잡지 않으면 자신이 죽는다는 것을 느낄 수 있었고, 오로지 살기 위해 제멋대로 날뛰는 마나를 움켜잡기 위해 노력했다.

그렇게 몇 분이 흘렀을까?

카이쇼 무사시의 표정이 심하게 일그러졌고, 알렉산드로의 표정도 별반 다를 게 없었다.

"왜 그러나?"

베이스퍼가 자신의 카타나를 다시 검집에 집어넣으면서 뒤돌아섰다가 고통스러워하는 카이쇼 무사시와 알렉산드로를 보고는 손을 뻗었으려고 했는데,

"멈추세요."

"……?"

현중의 나직하지만 거부할 수 없는 목소리에 멈칫거렸다.

'내가 왜 멈춘 거지?

베이스퍼는 현중의 한마디에 본능처럼 멈춘 자신을 이해할 수 없었다. 머리는 의문을 가지지만 몸은 현중의 말을 당연하다는 듯 따르고 있었다.

"지금 저 두 사람을 건드리면 죽습니다."

"……."

현중의 말을 듣자 베이스퍼는 곧장 한 가지가 떠올랐다.

주화입마(走火入魔).

마나를 다루는 능력을 가지게 되면서부터 필연적으로 따라다니는 것이 있으니 바로 주화입마다.

간단하게 풀이하면 마나의 폭주라고 할 수 있지만 그것도 정확한 표현이 아니었다. 대충 표현하면 그렇다는 것이다.

주화입마란, 말 그대로 마나가 제멋대로 날뛴다는 것이다.

주화입마에 빠지면 필연적으로 뒤따라오는 것이 있으니, 바로 마나의 소실이었다.

주화입마에서 살아남는 것도 희박한 확률이지만 살아남아서도 비참하다.

마나는 사라지고 날뛰던 마나로 인해 혈도와 혈맥이 모두 뒤틀리고 꼬여 버리기 때문에 차라리 죽는 게 낫다는 말이 있을 만큼 엄청난 것이었다.

"알겠네."

마나를 다루는 마스터에게 주화입마만큼 무서운 게 없다는 말이 그냥 나온 게 아니었다.

베이스퍼와 달리 백호연은 단번에 자신 옆에 있는 알렉산드로의 모습에 눈치를 챈 듯 가만히 있었다.

이건 누가 도와준다고 되는 게 아니었으니 그저 지켜보고 있을 수밖에 없었다.

물론 현중이 어느 정도 도움이 될 수는 있지만 그렇게 되면 나중에 저들은 원망할 것이다.

마나의 폭주는 양날의 검이었다.

바로잡으면 새로운 혈맥과 혈도가 뚫려서 엄청난 힘을 가질 수도 있지만 반대로 실패하면 그대로 죽거나 폐인이 되는 것이다.

씨익~

현중은 미소 지었다.

그는 카이쇼 무사시와 알렉산드로의 뱃속에 있는 마나석이 부서지는 것을 모두 알고 있었다.

지금 부서지는 마나석의 주변으로 마나가 자연적으로 복구되려는 듯 움직이고 있다는 것도 말이다.

'진정한 마스터가 되겠군.'

마나석을 집어넣어 인공적으로 만들어진 마스터가 아닌, 진정한 마스터!

지금 현중의 마나와 접촉함으로써 마나석의 마나가 마나석을 벗어나 하나의 단전을 만들어가고 있는 것이다!

"쿨럭!!"

푸악!!

퍽!

카이쇼 무사시의 입에서 시커먼 피가 터져 나와 바닥을 적셨다. 하지만 그걸 보면서도 그 누구도 움직일 수 없었다.

그리고 릴레이라도 하듯 알렉산드로의 입에서도 검은 피가 터져 나오더니 바닥으로 흘러내렸다.

그런데,

탁!

알렉산드로가 뱉어낸 검은 피 속에는 뭔가 딱딱한 것이 포함되어 있는지 나무로 만든 바닥에 떨어지자 둔탁한 소리를 냈다.

'마나석 조각이 떨어져 나오는군.'

마나를 잃어버린 마나석은 더 이상 마나석이 아니었다. 볼품없는 돌멩이일 뿐이었다.

그리고 마나는 살아 있는 인간의 몸 안에 돌이 있어서는 안 되는 것이기에 죽은피와 함께 몸 밖으로 튀어나오게 한 것이다.

"쿨럭!"

탁!

카이쇼 무사시도 두 번째 검은 피를 뿜었을 때 눈으로 확인될 만큼 커다란 돌멩이를 뱉어냈다.

"저건 도대체……."

카이쇼 무사시와 알렉산드로의 비밀을 모르는 베이스퍼와 백호연은 어리둥절해했다.

주화입마 중에 피를 토하는 것은 이해할 수 있다. 하지만 왜 그 핏속에 돌멩이가 포함되어 있는지는 이해 불가능이었다.

"…둘 다 결석이라도 있었던 건가?"

마스터에게 결석이 생긴다는 것은 말도 안 되는 일이지만 베이스퍼와 백호연의 상식으로 사람의 몸속에 돌멩이가 생기는 것은 그렇게 생각할 수밖에 없었다.

"크악!!"

둘은 또 한 차례 피를 토했다.

그러나 마나석을 전부 토해냈는지 검붉은 죽은피가 아닌, 선명한 선홍색의 피였다.

그들은 꿀럭꿀럭 몇 번 더 피를 토해내다가 멎었다.

"위험한 단계는 지났군."

마나의 흐름이나 주화입마 같은 경우에는 중국의 기공과 일맥상통하는 점이 많다.

때문에 백호연이 일가견이 있는지 맑은 피가 나오는 것을 보고 어느 정도 안심하는 표정을 지었다.

그런 백호연의 말이 끝나자마자,

두두득, 두득!!

카이쇼 무사시의 어깨가 꿈틀거리더니 기이하게 꺾이기 시작했다.

뒤따르듯 알렉산드로의 어깨를 시작으로 온몸의 뼈가 뒤틀리기 시작했다.

그런데 그런 둘을 바라보고 있는 현중을 비롯해 베이스퍼와 백호연은 오히려 입가에 미소를 띠었다.

"이런, 귀한 걸 보게 되는군."

베이스퍼는 지금 이게 본래의 몸이 갑작스럽게 커진 힘에 적응하기 위해서 변화하는 것임을 잘 알고 있기에 축하의 의미를 담아서 말했고, 백호연도 고개를 끄덕였다.

투투툭.

뒤틀렸던 몸이 다시 펴지고 양파 껍질이 벗겨지듯 입고 있던 옷이 바스러지면서 바닥에 떨어질 때쯤 고통스러운 표정은 온데간데없이 사라진 카이쇼 무사시와 알렉산드로가 천천히 눈을 떴다.

"축하하네."

베이스퍼는 카이쇼 무사시가 눈을 뜨자 웃으면서 한마디 했다. 알렉산드로에게는 백호연이,

"축하하네. 귀한 것을 보여주었어."

축하의 인사를 건넸다.

하지만 정작 당사자들은 어안이 벙벙했고, 지금 자신들의 몸을 휘감고 있는 엄청난 마나의 움직임에 당황했다.

거기다 아랫배에 묵직하니 느껴지는 따뜻한 기운을 깨달

왔을 때 알렉산드로와 카이쇼 무사시는 서로를 바라보다가,

주르륵.

그저 눈물만 흘릴 뿐이다.

카이쇼 무사시는 그토록 바라던 진정한 마스터가 되었기 때문이다.

알렉산드로는 자신의 몸에 흐르는 힘의 정체를 알 수 없었으나, 카이쇼 무사시의 눈물에서 본능적으로 깨달은 바가 있어 울었다.

그렇게 잠깐 동안 말없이 느낌만으로 서로가 마나석으로 마스터에 오른 자였음을 직감한 카이쇼 무사시와 알렉산드로는 천천히 고개를 돌려 현중을 바라봤다.

씨익~

말없이 웃기만 하는 현중의 모습에 카이쇼 무사시는 자신이 지금 나체라는 것도 잊은 듯 현중을 향해 엎드려 절을 하기 시작했다.

그 모습을 본 알렉산드로는 절을 할 줄 못하지만 머리가 땅에 닿을 만큼 허리를 숙여 크게 인사를 했다.

그런 그들의 마음을 아는지 현중은 둘을 바라보면서 나직하게,

"작은 선물입니다."

천천히 방을 나가 버렸다.

                    *   *   *

“……”

카이쇼 무사시는 조용히 2층의 발코니에 나와 자신의 검을 내려놓고 정면만 무심하게 바라보고 있었다.

그리고 그 카이쇼 무사시의 옆에 알렉산드로가 똑같은 표정과 모습으로 자신의 앞에 대검 두 자루를 가만히 내려놓고 멍하니 정면을 바라보고 있었다.

어떻게 보면 정신이 나간 사람으로 보일 수도 있겠지만 그렇게 보기에는 이들의 능력이 범상치가 않았다.

마스터(MASTER).

보통 사람들이 말하기를, 무언가에 달인이 되거나 주인이 되는 자를 일컬어 마스터라고 한다.

의외로 마스터는 쓰기에 따라 뜻이 많고 그 용도가 달랐지만 지금 카이쇼 무사시와 알렉산드로는 둘 다 포함되었다.

달인이 되어 자신이 쓰는 무기에 주인으로 인식되는 자였던 것이다.

본래 카이쇼 무사시는 일본의 공식 마스터였다.

그때는 마나석으로 마스터가 된 것을 속이고 된 상태였기에 매사에 불안하고 조바심을 내면서도 은근히 무언가 국가에서 해주기를 바랄 때 사무라이 정신을 내세워 피했었다.

하지만 지금은 진정한 마스터가 되었다.

그리고 어째서 자신이 다른 마스터들에 비해 그렇게 능력과 힘, 모든 것이 뒤떨어졌는지 절실히 느낄 수 있기도 했다.

마나석으로 인공적으로 마나를 움직일 때 마치 거친 오프로드를 힘겹게 지나가는 느낌이었다면, 지금 마나석이 사라지고 그 자리에 단전이라는, 마스터라면 누구나 필연적으로 가지게 되는 것을 사용해서 마나를 움직여 보자 상상을 초월한 느낌이었던 것이다.

인공 마나석으로 인한 마나의 움직임이 오프로드의 비포장도로와 같다면 단전으로 마나를 움직였을 때는 마치 자기부상열차를 타고 움직이는 것 같이 비교 자체가 불가능했던 것이다.

'이러니 내가 마스터들 사이에서도 천대받았던 것이군.'

쓸데없는 자존심과 자격지심으로 오히려 다른 마스터들을 깎아내리면서 속 좁은 행동을 했던 자신이 얼마나 바보 같고 멍청했는지 절실히 느끼는 카이쇼 무사시였다.

한편 카이쇼 무사시와 정반대의 입장인 사람이 바로 알렉산드로였다.

비공식 러시아 출신의 마스터가 탄생한 것이다.

물론 이미 마나석으로 어느 정도 마나를 다루는 법을 터득

했던 알렉산드로는 카이쇼 무사시와 달리 적응이 굉장히 빨랐다.

이미 기연(?)이라고까지 할 만큼의 도움은 아니지만 현중이 마나석을 봉인했다 풀어준 덕분에 마나라는 것에 눈을 뜬 알렉산드로는 나름 천재에 속한다고 할 수 있었다.

마나를 다시 느끼는 순간 본능적으로 마나의 활용을 알아차렸으니 절대 재능 면으로는 다른 마스터에 비해 떨어지지는 않았다.

하지만 그렇게 마나를 카이쇼 무사시보다 익숙하게 사용하고 적응이 빠르며 뭣 하나 아쉬울 게 없는 알렉산드로에게도 고민이 있었다.

'아, 진짜 폼 안 난다.'

백호연은 건틀릿을 연상시키는 권갑과 숄더 아머와 비슷한 견갑을 가지고 있고, 베이스퍼는 세계에서 몇 자루 없다는 엄청난 명검을 가지고 있다.

거기다 지금 자신의 바로 옆에 있는 카이쇼 무사시만 해도 일본에서 알아주는 명검을 가지고 있다.

한마디로 모두 뭔가 폼이 난다는 것이다. 거기다 실제로 다른 마스터들이 가지고 있는 무기는 수백 년 동안 진화하면서 용도에 맞게 최적으로 진화된 무기다.

베이스퍼의 카타나는 베는 것에 특화되어 있다고 해도 과

언이 아니다. 베이스퍼의 특기가 바로 베기였으니 찰떡궁합
인 것이다.

그리고 백호연은 권법을 자신의 주무기로 사용하는 권법
가답게 권갑과 견갑은 웬만한 바위는 일격에 부숴 버릴 만큼
위력이 있었다.

거기다 빠르게 찌르기와 베기를 모두 할 수 있는 카이쇼 무
사시의 검 또한 뭔가 세월의 깊이가 느껴지는 검이었다.

알렉산드로는 자신의 앞에 놓여 있는 두 자루의 대검과 러
시아식 토카레프 TT33권총을 바라보고 있자 한숨만 나왔다.

"이건 좀 그런데……."

마스터에 오르고 축하를 받았지만 막상 자신이 써야 하는
무기를 다시 생각해 본 순간 이건 좀 아니라는 생각이 든 것
이다.

뭣보다 남들은 다 장검에 멋진 무기를 들고 있는데 자신은
대검을 양손에 쥐고 움직이는 게 이상하게 꿀린다는 생각이
들었다.

물론 대검에 흐르는 마나의 흐름을 보면 그 자체만으로도
엄청난 무기인 것은 확실했지만 결정적으로 알렉산드로가 불
만인 것은 바로 대검의 길이였다.

사실 전투에 있어서 길고 짧은 것은 사용에 따라 좌우되고
용도에 따라 짧은 대검이 월등한 능력을 발휘하기도 한다.

대검은 잠입, 암살 등 숨기거나 몰래 움직이기 좋은 무기였다.

하지만 앞으로 벌어질 마족과의 싸움에서는 어찌 보면 가장 불리한 무기일지도 몰랐다.

카이쇼 무사시와 알렉산드로는 둘 다 같은 모습으로 같은 곳을 멍하니 바라보고 있지만 생각은 서로가 달랐다.

한 명은 자신의 부족함을 뒤늦게 깨닫고 있었고, 한 명은 자신의 무기에 대한 불만과 함께 어떻게든지 이걸 사용해서 앞으로 벌어진 전투에서 살아남느냐가 주된 목적이었으니 말이다.

벌떡.

가만히 앉아 있던 카이쇼 무사시는 일어서더니 알렉산드로를 한번 바라보고는 뭔가 말하지 못할 동질감을 느꼈다. 하지만 차마 마나석으로 짝퉁 마스터였다는 것을 말할 수는 없는지 조용히 방으로 들어가 버렸다.

그런 카이쇼 무사시의 눈빛에서 알렉산드로도 느낌으로만 알 수 있는 친근감을 느꼈지만 마땅한 주무기가 없다는 것에 결국 조용히 입을 다물었다.

그러다 결국 알렉산드로도 자리를 박차고 일어나더니 대검 두 자루와 권총을 집어 들고서 2층에서 훌쩍 뛰어내렸다.

그리고 조용히 조금 떨어져 있는 숲으로 들어갔다.

"안 되면 내가 적응해야 한다. 그리고……."

알렉산드로는 이제 와서 자신에게 카타나를 비롯해 다른 무기를 줘도 어차피 없느니만 못하다는 것을 잘 알고 있었다.

특히나 군인 출신인 알렉산드로는 현실적으로 지금 자신의 문제가 뭔지, 어떤 것이 부족한지 냉정하다 싶을 만큼 잘 알고 있었다.

군인에게는 첫 번째도 냉정하게 자신을 보는 것이고, 두 번째도 자신을 볼 줄 아는 것이다.

전쟁에서 지휘관의 단 한 순간의 잘못된 판단으로 수십 명에서 수백 명은 물론 수천 명까지 죽을 수 있다.

그리고 그런 군인 중에서도 최고의 엘리트로 꼽히는 스페츠나츠 출신인 알렉산드로는 몸서리 쳐질 만큼 자신의 한계를 잘 알고 있기도 했다.

그런데 이제 와서 무기를 바꿀 수는 없었다. 군인이었기에 자신이 가장 잘 사용하는 것은 역시나 대검과 권총이었으니 말이다.

하지만 한편으로 약간의 후회도 들었다.

'아, 자동소총이라도 들고 다녔어야 했는데……'

하다못해 자동소총이라도 그때 탁자 위에 올려놓았더라면 이 정도는 아니었을지도 몰랐다.

최소한 권총보다는 자동소총이 총알의 숫자부터 사거리까

지 모든 것이 월등하게 좋았으니 말이다.

거기다 아무리 권총으로 일정거리에서 저격이 가능할 만큼 능력을 가지고 있는 알렉산드로라도 권총은 권총이었다.

"젠장, 별수 없다. 이걸로 난 최고의 능력을 발휘하는 수밖에."

결국 알렉산드로는 대검술과 대검을 활용한 방법, 그리고 권총을 어떻게 사용할지 궁리하기 위해 산속 깊이 들어가 버렸다.

물론 진정한 마스터에 오르기 전에도 이미 생존 기술부터 혼자 에베레스트에 떨어뜨려도 살아 돌아올 만큼 완벽한 군인인 알렉산드로를 걱정할 사람은 없었다.

여담이지만 알렉산드로가 산속으로 들어가고 난 뒤부터 거의 일주일가량 산속에서 총소리가 끊이질 않았다고 한다.

*　　　*　　　*

"자네는 아직도 마야를 포함시킬 생각이 없는 건지 궁금하네."

베이스퍼는 현중과 둘만 응접실에 남게 되자 조용히 이야기를 꺼냈다. 하지만 현중의 대답은 확고했다.

"없습니다."

“그 아이가 원하는데도 말인가?”

베이스퍼는 마야의 마음을 알기에, 그리고 사랑하는 제자이기에 현중에게 다시 물어보는 것이었다. 어떻게 보면 딸처럼 가르쳤던 마리아이기에 이렇게 미련이 남는지도 몰랐다.

“제가 원하지 않습니다.”

냉정하리만큼 똑 부러지게 말하는 현중의 모습에 베이스퍼도 결국 입을 다물었다.

하긴 사랑이 언제나 쌍방이 마주 보라는 법은 없으니 말이다. 사람의 마음이란 자기 맘대로 할 수 있는 게 아니었다. 그렇기에 짝사랑도 있는 것이니 말이다.

그렇지만 현중이 마리아를 싫어한다거나 하는 건 아님을 베이스퍼는 충분히 알고 있었다.

오히려 마리아에게 아무런 감정이 없다면 애초에 마리아를 제외하는 행동을 하지 않았을 것이다.

반대로 마리아에게 권했을 것이다. 아무런 감정이 없고 오직 도움만 바랐다면 말이다.

하지만 지금 현중이 끝까지 마리아의 합류를 거부하는 것을 보면 현중도 어느 정도 마리아에게 감정이 있다는 결론이 내려졌다.

하지만 야속하게도 현중은 사랑을 말하기에는 그의 어깨에 짊어진 짐이 너무 무거웠고 그의 앞날이 그리 밝지만은 않왔다.

거기다 현중은 스스로도 카일라제와 싸우고 난 뒤에 자신이 살아남을 확률을 너무나 낮게 보고 있었다.

아니, 카일라제에게 질 수도 있었다.

하지만 그렇다고 포기할 수도 없었다.

그러기에는 카일라제나 현중이나 너무 멀리 와버렸으니 말이다. 그걸 베이스퍼도 이야기를 들어서 대충은 알고 있었다.

"자네는 너무 고독하게 살아가려고 하는군."

베이스퍼가 현중에게 나직하게 말하자 현중도 스스로 알고 있기에 말없이 고개를 끄덕였다.

"결국 인간은… 홀로 태어나서… 홀로 떠나는 존재 아닙니까."

뭔가 서글픈 말이다.

하지만 베이스퍼는 지금 현중의 말에 고개를 조용히 저으면서,

"그건 틀린 말이네. 인간은 홀로 태어나는 게 아니지. 아버지와 어머니, 그들의 사랑과 자신의 삶을 일부분 포기하면서까지 여러 과정을 거쳐 태어나는 것이네."

"……"

현중은 베이스퍼의 말에 돌아가신 부모님이 생각났다.

그러고 보니 지구로 돌아와서 단 한 번도 부모님이 잠들어 있는 납골당을 찾아간 적이 없다.

그다지 바쁘지도 않았고 특별하게 뭔가 하는 것도 없었는데 말이다.

'수십 년 동안 정신없이 전투로 살아온 대륙의 생활이 부모까지 잊게 만드는 나를 만든 것인가.'

스스로 생각해도 참 웃기는 일이었다.

매년 챙기던 부모님의 기일도 잊어버리고 있었고, 부모님의 납골당을 찾아갈 생각도 하지 않고 있었다.

대륙에서 정신없이 살아온 세월이 몸에 완전히 익숙해져 버렸고, 테른과 함께 거칠 것 없이 살아온 그의 발걸음이 오히려 잊어버려서는 안 되는 것을 잊게 만드는 결과를 가져왔다는 것에 스스로가 바보같이 느껴졌다.

"현중 군."

"네."

현중은 베이스퍼가 부르자 조용히 대답했지만 시선은 여전히 창밖을 바라보고 있었다.

"자네가 부른다면 그 아이는 모든 것을 버리고서라도 아마 자네 곁으로 올 것이네."

지위, 재력, 귀족의 위치까지 그런 것들은 베이스퍼가 보기에 마리아가 현중을 바라보는 마음에 비한다면 아무것도 아니었다.

하지만 그런 베이스퍼의 말에 현중은 고개를 천천히 저으면서,

"그래서 안 된다는 겁니다. 그냥… 저란 사람을 기억해 주는 한 사람이 있으면 그걸로 전 만족합니다."

"어허."

현중의 너무나 비관적인 말에 베이스퍼는 결국 크게 한탄을 내뱉었다.

현중을 상대하는 베이스퍼는 마치 암 말기로 죽을 날만 기다리고 있는 사람과 대화하는 것 같은 느낌을 받았다.

그것은 그 어떤 말로도 회유가 불가능한 모습이었다.

그렇게 잠깐 동안 대화가 사라졌을 때쯤 현중이 자리에서 일어나더니 베이스퍼를 향해,

"괜한 수고를 하셨군요."

살짝 표정이 굳어버린 현중의 모습에 베이스퍼는 눈을 감으면서,

"마야는 내게는 딸과 같은 녀석이지. 그리고 부모와 같은 마음인 나로서는 마야의 아픔을 그냥 두고 볼 수만은 없었다네."

끼이익.

베이스퍼의 말이 끝나자 조용히 문이 열리면서 이곳에 있

어서는 안 되는 마리아가 천천히 걸어 들어왔다.

드르륵.

베이스퍼는 힘겹게 일어서면서 현중과 마리아를 바라보더니,

"두 사람의 문제는 각자 스스로가 해결해야지 도망만 쳐서는 안 된다고 난 생각하네."

그 말만 남기고 방을 나가 버렸다.

베이스퍼가 사라지자 기다렸다는 듯 찾아온 어색한 공기는 응접실을 가득 매웠다.

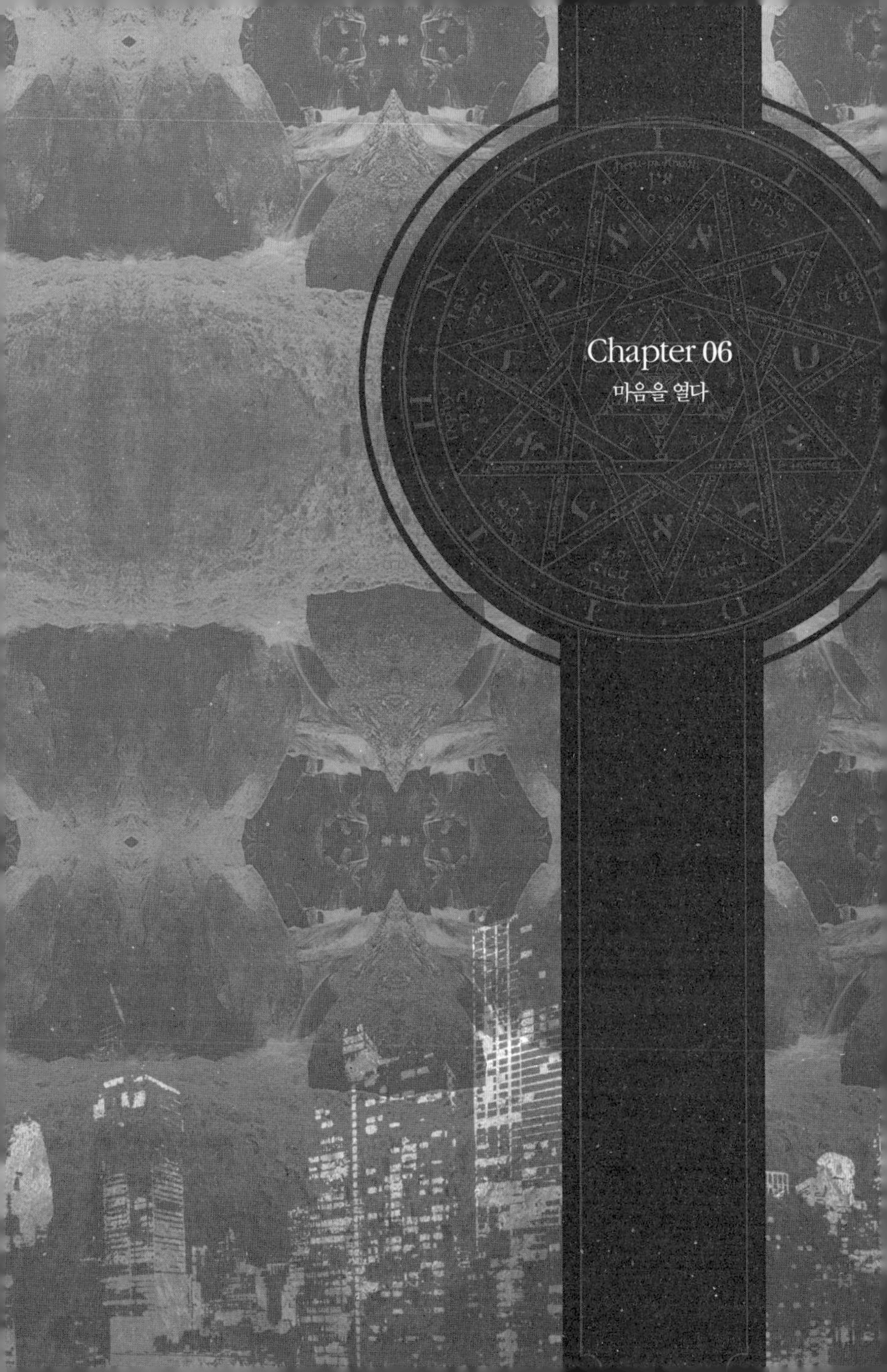
Chapter 06
마음을 열다

"오랜만이에요."

마리아가 먼저 슬쩍 웃으면서 인사를 건네자 현중은 고개를 돌리면서,

"왜 왔나요?"

오히려 타박한다.

하지만 마리아도 어느 정도 현중의 성격을 알기에 개의치 않는 듯 현중의 맞은편에 앉더니,

"나를 봐요, 현중 씨."

"……."

현중은 마리아를 바라보지 않았다. 아니, 일부러라도 보지 않으려고 했다.

하지만 마리아의 끊임없는 눈빛을 고스란히 받고 있는 현중으로서는 결코 마음이 편하지 않기에 결국 마주 보고야 말았다.

"나를 왜 뺐나요?"

마리아는 다른 것보다 이번 계획에서 자신이 빠진 것이 못내 서운하여, 서글픈 듯 눈동자가 살짝 젖어 있기까지 했다.

"저와 관련된… 사람이 더 이상 희생되는 것은 제가 싫기 때문입니다."

베이스퍼에게 했던 말을 그대로 다시 마리아에게 해주었다. 하지만 마리아는 고개를 천천히 흔들면서,

"제게 물어봐야 했어요. 제가 당신 때문에 희생하는 건지… 아니면 제가 원해서 희생하는 건지 말이죠."

마리아도 뭔가 단단히 작정을 한 듯 현중을 똑바로 바라보면서 한 치의 물러섬이 없었다.

그런데 오히려 지금 그런 마리아의 눈빛이 현중에게는 부담스러웠다.

아니, 이런 기분은 처음이었다. 뭔가 아려오는 듯하면서도 그래서는 안 된다는 목소리가 가슴속에서 계속 소리치고 있었으니 말이다.

하지만 현중의 표정은 무표정한 모습 그대로였다.

"마리아 씨가 이번에 참전한다면 그 원인의 대부분은 아마 저 때문일 겁니다."

어떻게 들으면 조금은 자만에 빠진 말로 들릴 수 있지만 마리아는 당연하다는 듯 고개를 끄덕였다.

"맞아요. 아마 현중 씨가 손을 내밀었다면 전 생각하지도 않고 잡았을 테죠."

"그래서 제외한 겁니다. 전 저의 일로 인해 앞으로 가야 합니다. 그리고 그 끝은 아마… 영원한 안식이겠죠."

두근!

마리아는 현중의 방금 그 말에 뭔가 몸 안의 피가 거꾸로 빠지는 듯한 느낌과 함께 온몸에 소름이 돋아났다.

지금 현중은 자신의 죽음을 아무런 감정 없이 이야기하고 있는 것이었다.

그래서 지금 마리아는 자신의 가슴이 더욱 아려온다고 생각하고 있었다.

도대체 현중이 어떤 삶을 살아왔고 현재 그가 간직한 비밀이 뭔지 마리아는 듣지 못했다. 그 누구도 어제 현중이 한 말을 떠벌릴 만한 위인도 없었지만 떠벌릴 이유도 없었으니 말이다.

베이스퍼마저도 마리아에게 아무런 말도 하지 않았다.

　다만 현중의 본심은 그게 아니라는 말과 함께 마리아를 몰래 불러들였을 뿐이다.

　벌떡.

　마리아는 자신의 두근거리는 가슴을 도저히 진정시킬 수가 없기에 일어서서 현중에게 다가갔다.

　"사랑해 달라고 말하지도 않아요. 사랑받고 싶다고 욕심 부리지도 않아요. 하지만… 일부러 저를 떼어내지는 마세요."

　마리아는 현중을 보면서 눈물을 흘리고 있었고, 그런 마리아를 바라보는 현중도 결국 무표정한 얼굴이 깨어져 버렸다.

　"…어째서… 어째서… 제 곁에 있으려고 하는 겁니까?"

　화가 난 듯 인상을 찡그린 현중이 결국 마리아를 똑바로 보면서 말하자,

　"…사랑하니까요."

　두근!

　마치 마리아의 이 말을 기다렸다는 듯 현중의 가슴이 갑자기 두근거리기 시작했다.

　그리고 한번 두근거린 심장은 좀처럼 진정될 기미가 보이지 않았다. 마치 그 옛날 첫사랑을 보기만 해도 가슴이 두근거리던 그때처럼 말이다.

　"…전 사랑하지 않습니다."

잔인하리만큼 냉정한 현중은 끝까지 자신의 감정을 외면
했다.

아니, 외면해야만 했다. 자신은 곧 죽을 운명이니까 말이
다.

사랑하는 사람을 떠나보내고 혼자 남겨진 자의 슬픔이 뭔
지 잘 알고 있는 현중은 절대로 마리아를 받아들일 수 없었
다.

받아들이게 되면 자신과 똑같은 아픔을 겪을 것이다. 그 아
픔이 얼마나 슬프고 외로운지 현중은 이미 갑작스럽게 죽은
부모님의 빈자리로 인해 너무나 잘 알고 있기에 마리아가 아
무리 손을 내밀어도 잡아줄 수가 없었다.

스르륵.

마리아는 눈물을 흘리면서도 손을 뻗어 현중의 얼굴을 살
며시 잡았다.

"사랑하지 않아도 돼요."

그리고 현중의 얼굴을 자신의 가슴으로 안았다.

"전 사랑을 구걸하지 않아요. 다만 곁에서 지켜볼 뿐이
죠."

"……."

현중은 마리아의 이런 행동에 결국 자신도 모르게 화가 치
밀어 올랐고,

벌떡!!

마리아의 곁에서 벗어나 마리아를 노려보았다.

"왜!! 아픔을 스스로 받아들려 하는 거죠!! 어째서 아픔을 안으려고 하는 거냔 말이에요!!"

마리아는 갑작스럽게 화를 내는 현중의 모습에 눈물을 흘리면서도 입가에는 오히려 미소를 지었다.

"전 여자니까요. 그리고 당신을 사랑해 버린 걸… 저도 어쩔 수 없으니까요."

"젠장!!"

슈악!!

현중의 감정이 폭발하자 자신도 모르게 몸 안의 마나가 꿈틀거리면서 조금이지만 날뛰기 시작했다.

그러자 본능적으로 현중의 몸은 안전을 위해, 날뛰는 마나를 제어하기 위해 등에 마나의 날개를 만들기 시작해 버렸다.

펄럭!

마치 에메랄드 빛의 바닷물로 만든 것 같은 투명한 마나의 날개가 커다랗게 펄럭이면서 마리아의 눈앞에 모습을 드러냈다.

조금씩 마나의 제어를 위해 커지고 있는 마나의 날개는 급기야 사람 키만큼 커졌고, 한 번의 펄럭임만으로도 마리아를 완전히 감싸 버릴 만큼 거대해졌다.

"놀라지 않는군요."

잠깐이지만 자신의 감정이 폭발한 것 때문에 마나의 날개가 나타났지만 감정을 드러낸 것에 후회는 없었다. 그리고 정말 이해할 수 없었다. 어째서 아픔을 스스로 잡으려 하는지 말이다.

"예쁘네요."

마리아는 다른 사람들과 달리 마나의 날개를 손으로 쓰다듬으면서 현중을 똑바로 바라봤다.

그 눈동자는 경외심도, 놀라움도, 뭔가 신비한 것을 바라보는 듯한 눈빛도 아니었다. 오직 하나, 현중의 눈동자만 바라보고 있었다.

"…당신은 바보군요."

라는 말과 함께 결국 현중이 자리에 털썩 주저앉아 버리자,

파삭!!

마나의 제어가 완전히 정상으로 돌아왔는지 마나의 날개가 부서지듯 허공으로 사라져 버렸다.

현중은 느낄 수 있었다.

방금 마리아가 보여준 눈동자는 한 치의 거짓도 없는 진실이었다는 것을 말이다.

무심결에 사용한 천심통까지 투명하게 통과시켜 버리는 진심 그 자체.

　현중은 어쩌면 더 이상 도망 다니지 말아야 한다는 것을 인정해야 했다.

　진실한 눈동자를 마주하고서도 도망친다면 그건 비겁한 녀석이 되는 것이다. 그리고 결국 아픔으로부터 도망친 것은 자신이었다는 것을 인정해야만 했다.

　"마리아 씨."

　"마야라고 불러주세요. 당신은 그럴 자격이 있어요."

　처음으로 마리아가 자신의 애칭을 불러달라고 당당하게 말하자 현중은 조용히 웃으면서 다시 마리아의 눈을 똑바로 응시했다.

　"마야, 당신은… 정말 바보입니다."

　"알아요."

　"후후후후훗, 그리고 저도… 결국 바보였군요."

　마리아의 눈동자 앞에서, 현중이 더 이상 아픔으로부터 도망치는 것을 포기하자 마리아는 환하게 웃으면서 그의 얼굴을 다시 안았다.

　"알아요. 당신도… 저도 결국 바보였어요. 하지만 세상은 그런 바보가 만들어가는 거란 걸 알아야 해요."

　"후후후훗, 그래요. 그렇군요."

　이 순간 현중은 마리아를 받아들였다. 아니, 오히려 진작에 받아들였어야 했다.

하지만 자신의 처지와 함께 여러 가지 조건 때문에 스스로 도망치고 있었던 것이다. 그런 것을 스스로 납득시키면서 말이다.

하지만 끊임없이 현중의 곁에서 바라보며 다가와 준 마리아에게서는 결코 도망칠 수 없었다.

그리고 지금, 영원히 도망칠 수 없다는 것을 스스로 인정한 순간 현중은 왠지 가슴 한곳이 따뜻해진 것을 느낄 수 있었다.

끼이익.

"끝났나?"

베이스퍼가 분위기 깨지게 조용히 문을 열면서 들어오자 마리아는 눈물 흘리던 그대로 웃으면서,

"네, 스승님."

"이런, 벌써 울리다니… 앞날이 훤하구만. 여자 울리는 놈은 천하에 상놈이라고 하던데 말야."

베이스퍼의 장난스런 말에도 현중은 웃으면서,

"이왕이면 최고의 상놈이 되겠습니다."

"허어, 농담을 하다니… 자네가."

베이스퍼는 자신의 농담을 받아치는 현중의 모습에 어느 정도 놀라고 있었다.

찔러도 피 한 방울 나오지 않을 것 같은 현중이 웃으면서

농담을 주고받다니 말이다.

지금까지 베이스퍼는 그런 현중의 모습을 단 한 번도 상상해 본 적이 없었다.

"아무튼… 자네, 마야를 울리면 내가 가만두지 않을 것이네!"

팔뚝의 근육을 보여주면서 으름장을 놓는 베이스퍼의 모습에 현중은 씨익 웃으면서,

"그때는 부탁드리겠습니다."

"재미없구만."

역시나 현중이었다.

베이스퍼는 놀리는 맛이 없다고 생각되었는지 본래 자신의 목적인 응접실에 있는 냉장고에서 음료수를 꺼내더니 손가락으로 병뚜껑을 튕겼다.

뼹~

병따개로 따야 하는 것을 손가락을 튕겨 따고도 아무렇지 않게 음료수를 마신 베이스퍼는 마리아와 현중을 물끄러미 바라보면서,

"늙은이 앞에서 언제까지 껴안고 있을 텐가?"

왠지 마리아가 현중의 얼굴을 살며시 안고 있는 모습에 짜증난 것이다.

그런데 그런 베이스퍼의 말에도 현중은 오히려,

"전 이게 편합니다."

그리고 부창부수라고 했던가? 마리아도 웃으면서,

"저도… 한동안 이렇게 있고 싶어요."

라고 말하면서 전혀 부끄러움이나 거리낌이 없는 게 아닌 가?

"에잉!! 늦게 배운 도둑질이 날샐 줄 모른다더니… 다 커서 사랑 놀음에 빠져서는. 쩝."

자신이 연결해 주고서도 이상하게 마리아를 빼앗아간 현중이 얄미워 보였다.

뭐랄까, 화장실 들어갈 때와 나올 때 마음이 다르다고 했던 가?

마리아가 아파하는 것을 보고는 어떻게든지 잘되길 바랐지만, 정작 현중이 마리아의 마음을 받아주자 오히려 이상하게 배가 아픈 베이스퍼였다.

그렇게 둘만 놔두고 응접실을 나온 베이스퍼는 한숨을 쉬면서,

"나도 저럴 때가 있었는데… 정말 오래간만에… 먼저 간 마누라가 생각나는구만."

베이스퍼는 부러웠던 것이다.

천하에 냉혈한으로 봤던 현중에게서 그런 표정이 나올 것이라고는 생각지도 못했고, 가슴앓이만 계속하다가 결국 제

풀에 못 이겨 꺾일 것이라고 생각했던 마리아가 끝까지 자신의 사랑을 밀어붙인 결과다.

"후후훗, 뭐… 젊을 때 많이 해야겠지."

사랑도 이별도, 그리고 아픔도 모두 젊기에 할 수 있는 특권이라고 생각하는 베이스퍼는 결국 웃어주었다.

쾅!!

"응?"

간만에 기분 좋게 음료수를 마시고 있는데 별안간 위층에서 로빈이 요란스럽게 뛰어 내려오는 모습이 보였다.

"스승님!!"

"……?"

베이스퍼는 평소 얌전하며 웬만하면 소란스러운 것을 좋아하지 않는 로빈이 뛰어 내려오자 이상해서 바라보았다.

"피하십시오!!"

"……!!"

로빈의 그 한마디에 빠르게 음료수 병을 집어 던지고는 응접실 문을 열자 이미 마리아와 현중은 창밖을 보고 있었다.

"CIA군요."

"저를 따라온 듯합니다."

마리아가 말했다.

그녀가 오고 얼마 뒤에 CIA가 덮친 것을 보면 간단하게 생각해도 충분히 알 수 있었다.

하지만 베이스퍼도 어차피 이 아지트에 그리 오래 머물 생각이 아니었다.

다만 그 시기가 생각보다 너무 빨리 왔다는 게 문제이긴 했다.

"우선은 피해야겠네."

베이스퍼는 곧장 로빈에게 레이스를 비롯해 메로우와 백호연, 카이쇼 무사시를 불러오라고 했다.

로빈은 이곳에 있는 자신의 제자 다섯 명도 함께 모두 이끌고 응접실로 모였다.

"알렉산드로는 아직도 산속에 있나 보군."

알렉산드로는 아직 수련을 끝내지 못했다. 그러나 베이스퍼는 크게 상관치 않았다.

스페츠나츠 출신인 알렉산드로가 산속에 있다면, 오히려 세상 어디보다 훨씬 안전할 것이기 때문이다.

"모두 저를 잡으세요."

현중이 전원 자신을 잡도록 하고서는,

"혹시 다른 아지트가 있다면 그곳을 강하게 떠올리세요."

그리고 곧바로 사라져 버렸다.

쾅!!

현중이 모두를 데리고 사라지고 난 뒤 벽이 허물어지면서 특수기동대가 아지트의 구멍이란 구멍에서 몰려 들어왔다.

타타타타탕!! 타타타타타탕!!

들어오자마자 자동소총이 불을 뿜었고, 아지트는 순식간에 난장판이 되었다.

하지만 진입한 지 10분이 지나고 나서야 이곳이 텅텅 비었다는 것을 알게 된 CIA는 신경질적으로 총알 세례에 허물어져 가는 소파를 걷어찼다.

"젠장!! 또 놓쳤잖아! 이 테러 분자들은 어떻게든 잡아야 한다! 서둘러!!"

CIA에게 베이스퍼와 그 외 국가 공인 마스터는 테러 분자로 낙인찍혀 있었다. 거기다 비밀리에 움직이고 있기에 다른 국가에서는 현재 이런 사정을 모르고 있었다.

*　　　*　　　*

끼룩~ 끼룩~

"바다군."

"그것도 무인도네."

막상 이동을 했지만 생판 모르는 무인도에 도착한 일행은 주변을 둘러보다가 허탈하게 웃었다.

"이 정도면 아무리 CIA라도 못 찾겠구만."

그렇다. 어딘지도 모를 무인도에 전원 이동한 것이다. 그런데 유일하게 이곳을 아는 사람이 있었는데 그게 바로,

"어머? 여긴 제가 자주 쉬던 섬이에요."

메로우였다.

인어로 바다를 여행할 때 자주 쉬려고 올라왔던 섬이라는 것이다.

하지만 이 섬에서 오래 있지는 못했다. 현중이 곧바로 모두를 모으더니 이동해 버렸기에 말이다.

"여기는?"

이번에 도착한 곳은 현중이 원하는 곳이었다.

가장 먼저 베이스퍼가 주변을 살펴보더니 어디선가 낯익은 듯한 느낌에 현중을 바라보자,

"아르카임 스톤헨지입니다."

"아, 여기가……. 그래서 낯익었군."

뉴스에서 잠깐 본 적이 있기에 처음 와보지만 낯익었다. 하지만 다들 국가 공인 마스터의 위치에 있기에 어느 정도 정보는 알고 있는 편이었다.

"그럼 여기가 오리하르콘이 감쪽같이 사라졌다고 하는 그곳인가요?"

마리아가 현중의 곁에서 물어보자,

"네. 저와 테른의 감시 속에서도 오리하르콘이 사라져 버린 곳이죠."

"그런데 왜 이곳으로 온 거예요?"

마리아는 아직 이렇다 할 설명을 듣지 못했다. 갑작스럽게 쳐들어온 CIA 때문에 미처 현중이 따로 마리아에게 설명할 시간이 없었으니 말이다.

이왕 이렇게 온 것, 현중은 마리아에게도 설명하기 위해,

"마야, 이쪽으로 잠시만."

현중이 마리아를 데리고 조용히 한쪽으로 사라졌다.

그런데 백호연과 카이쇼 무사시는 그런 현중과 마리아를 보더니,

"마야? 그거 바로슈 백작의 애칭 아니었습니까?"

카이쇼 무사시가 베이스퍼에게 물어보자 베이스퍼는 고개를 끄덕였다. 그러자 옆에 있던 백호연이 물었다.

"저희 중국은 애칭은 연인이나 가족만 부르는데 한국은 아닌 모양이군요."

"크흠, 우리 일본도 애칭은 가족이나 친한 친구 아니면 연인에게만 사용합니다."

뭔가 이상해서 물어본 것이다. 지금까지 현중은 마리아를 부를 때 무조건 마리아 씨라고 했기 때문이다.

그런데 갑자기 마야라는 애칭으로 부르고 마리아도 그런

것에 너무나 자연스럽게 응답하는 모습이 이상했다.

베이스퍼는 오히려 그런 백호연과 카이쇼 무사시를 보면서,

"연인 사이이니 당연히 애칭을 부르는 것이네."

"아, 그렇구……!!"

"연인이었……!!"

베이스퍼의 말에 순간 반사적으로 납득을 하던 카이쇼 무사시와 백호연은 화들짝 놀란 얼굴로 베이스퍼를 바라보면서 동그랗게 눈을 떴다.

"어르신, 정말입니까?"

"설마… 저 냉혈… 아니, 사람과… 마리아 씨가…연인이라니……."

순간 말을 바꾸면서 자신의 실수를 슬쩍 넘어가는 카이쇼는 너무나 당황해하고 있었다.

그런데 그런 두 사람의 반응이 오히려 이상하다는 듯 바라보던 베이스퍼는,

"젊지 않은가? 사랑도 이별도 젊은이들의 특권이지. 안 그런가?"

"…어르신이 그렇다면야……."

백호연도 이미 결혼해서 자식까지 있는 마당이니 베이스퍼의 말을 이해 못하는 것도 아니었다.

그리고 카이쇼 무사시도 결혼해서 딸자식이 있기에 어느
정도 납득은 했지만,

'저 찔러도 피 한 방울 안 나올 것 같은 녀석이 연애라니…
나 참.'

카이쇼 무사시는 여전히 납득하지 못한 듯했다.

그에게 있어 현중은 죽어도 잊지 못할 공포스러운 기억과
죽어도 갚지 못할 기연을 남겨준 자다.

동시에 사람으로 보이지 않는 냉혈한이기도 했다.

그런 그가 연애를 한다고 하니 이상한 것이다.

그건 백호연도 마찬가지였다.

'저 괴물이… 연애를……. 쩝, 괴물과… 국가 공인 마스터
의 결합이라……. 완전 대형사건이군. 템플재단과 대한민국
대동그룹의 결합으로 될지도……'

백호연은 현중의 연애보다는 마리아와 현중이 가지고 있
는 배경의 결합에 더욱 관심이 많은 듯했다.

남들이야 별의별 생각을 하든 말든 현중은 마리아와 금방
돌아왔다.

마리아도 현중의 이상 행동과 함께 간간이 들었던 내용이
있기에 이해하는 것은 크게 어렵지 않았다.

다만 그걸 진실로 받아들이는 것이 문제였을 뿐이지만 어
차피 현중이 자신에게 거짓말할 이유가 없었다.

오히려 그렇게까지 자신을 거부하려고 했던 이유를 알았다는 것에 더욱 기분이 좋아졌다.

하지만 반대로 현중은 왜 이런 무시무시한 이야기를 듣고 해맑게 마리아가 웃는지 이해하지 못했다.

잠시 러시아군과 미군이 떠난 곳을 다시 한 번 살펴봤지만 역시나 그 어떠한 흔적도 남아 있지 않았다.

"깨끗하구만."

베이스퍼는 너무나 깔끔한 모습에 혀를 내둘렀고, 백호연도 살펴봤지만 뭔가 기계를 이용해서 파낸 흔적은 찾아볼 수가 없었다.

오리하르콘이 있던 곳의 깊이만도 100미터는 넘어 보였는데 기계적으로 파냈다고 생각될 만한 그 어떠한 흔적도 전혀 없는 것이다.

사실 이렇게 무언가를 파내 간다는 것은 실제로 불가능했다.

거의 미스터리 이야기에나 나올 법한 상황인 것이다.

하지만 실제로 그런 일이 벌어져 버렸다.

그리고 지금 자신들은 그렇게 오리하르콘을 훔쳐 간 녀석들을 찾아내야만 했다.

그때,

띠리리리!!

"응?"

베이스퍼의 전화기가 울렸다.

"스승님, 받지 마세요!"

마리아는 MI—6를 관리하는 책임자답게 전화를 받지 말라고 했다.

위성전화든 어떤 전화든 받지만 않으면 추적이 되지 않는다. 받는 순간부터 전화 추적이 가능하다.

영화에서는 30초나 1분을 넘게 전화를 해야만 추적할 수 있다고 나오지만 사실 그건 수십 년 전의 이야기다.

베이스퍼처럼 위성을 통한 전화기 같은 경우 받는 순간 5초 내로 추적이 가능하다.

특히나 위성의 특성상 GPS 기능까지 기본으로 추적 가능하기에 기록이 남아서 사실상 받는 순간 추적이 된다고 생각해야 했다.

이 기능이 실종자나 조난자를 찾는 데는 엄청 유용하지만 반대로 누군가를 추적할 때는 엄청나게 무서운 위력을 발휘하는 것이다.

거기다 위성전화의 특성상 오차율이 극히 적기 때문에 받자마자 자신들의 위치가 노출된다고 생각해야 했다.

"흠, 알렉산드로인데… 받지 말아야 하나?"

하필 이때 알렉산드로가 전화를 한 것이다.

아마 뒤늦게 숲에서 나와 아지트로 돌아와 보니 총알에 거지꼴이 된 아지트를 봤을 것이다.

그리고 부랴부랴 베이스퍼에게 전화를 건 것이 분명했다.

전화를 받으면 추적을 받을 것이 뻔하고, 그렇다고 알렉산드로를 놓고 올 수도 없었다.

"테른을 보내겠습니다."

현중이 난감해하고 있는 사람들에게 간단하게 한마디 하고는,

"테른."

—네, 마스터.

"데려와라."

—알겠습니다.

테른은 현중의 그림자에서 슬쩍 나왔다가 명령만 받고 다시 그대로 사라져 버렸다.

그런 현중의 모습에 다들 멍하니 바라보다가 현중과 눈이 마주치자,

"험험, 참 편하겠네그려."

헛기침을 하면서 현중의 눈길을 피하는 베이스퍼였다.

"대단한 부하구만. 마치 음양사 같은 느낌이야."

카이쇼 무사시는 테른을 무슨 식신 정도로 생각하는 듯

했다.

반면 백호연은 현중을 가만히 바라보다가,

"귀신도 부린다니 대단하군그래."

의미 모를 눈빛을 살짝 보여줬다.

하지만 테른이 다시 모습을 보이면서 그런 사람들의 눈빛은 곧 사라졌다.

"아!! 저만 두고 사라지면 어떻게 합니까!!"

자신이 스스로 숲 속으로 들어가 놓고 이제 와서 자신만 두고 갔다고 하소연하는 알렉산드로였지만 그 누구 하나 들어주는 이가 없었다.

결국 알렉산드로도 스스로 조용히 입을 다물어 버렸다.

불평불만도 누가 들어줘야 계속할 수 있는 법인데 미리 짜기라도 한 듯 다들 무시하니 결국 자기 혼자 떠들어대는 것과 같았다.

알렉산드로는 눈치만 보다가 슬그머니 사람들 사이에 껴서 조용해졌다.

하지만 숲에서 뭔가 성과가 있었는지 처음에 숲으로 들어갈 때 보였던 흔들리는 모습은 찾아보기 힘들 만큼 눈동자에는 자신감이 가득 차 있었다.

"그럼 우선 계획을 설명하겠습니다."

현중은 모두가 모였는지 확인했다.

그래 봐야 실질적으로 전투가 가능한 인원은 현중과 테른을 비롯해 백호연, 베이스퍼, 알렉산드로, 마리아, 카이쇼 무사시가 전부다.

처음에 같이 왔던 베이스퍼의 제자들은 테른이 이미 다른 아지트로 보내줬다.

그들도 전투력이긴 하나 마족과의 싸움에는 크게 도움되지 않을 것이 뻔하기 때문이다.

거기에 레이스와 메로우는 비전투 인원이니 제외되었고, 그러다 보니 실질적으로 사람 숫자가 그리 많지 않았다.

물론 숫자는 보잘것없지만 그 개개인의 능력 하나만큼은 웬만한 군대 하나는 찜 쪄 먹을 수준이니 충분히 숫자의 부족은 커버될 듯했다.

물론 현중 혼자서도 가능하지만 현중은 쉽사리 레이스의 곁을 벗어나기가 힘들었다.

본래는 현중이 나서고 마스터들이 레이스를 보호하는 쪽으로 계획을 세웠었는데 베이스퍼가 반대한 것이다.

이미 상대가 누군지 대충 들어 알고 있고, 레이스의 중요도가 그 무엇보다 핵심인 상황에 현중이 레이스의 곁에서 떨어지는 것은 베이스퍼가 생각하기에도 뭔가 뒤바뀐 작전이었다.

그렇게 말하고 나서자 다들 베이스퍼의 말을 듣고는 고개를 끄덕이면서 찬성한 것이다.

거기다 자신들을 그렇게 못 믿느냐는 눈빛을 노골적으로 보내는 마스터들을 보고 있자니 결국 현중이 한발 물러서기로 했다.

물론 마리아도 현중의 곁에 남기로 했다.

"첫 번째로 적을 유인합니다."

라는 말을 시작으로 현중이 계획에 대해 설명하자 다들 집중했다.

"그리고 상대할 수 있을 때까지 각국의 마스터 분들이 상대해 주셔야겠습니다."

"그거야 뭐 당연하지."

애초에 그렇게 이야기를 맞췄으니 당연했다.

"그러다가 정말 센 놈이 나오면 제가 테른을 움직일 겁니다."

현중이 테른을 지목하자 다들 테른에게 시선이 몰렸다.

흑발에 흑안과 어울리지 않게 새하얀 피부를 가진 테른의 모습은 전에는 색기가 흘렀다면 지금은 무언가 어둠을 몰고 다니는 듯한 분위기였다.

한마디로 쉽게 다가서기가 힘든 느낌인 것이다.

거기다 현중과의 대화를 제외하고는 단 한 마디도 하지 않다 보니 테른과 각국의 마스터들 사이에 표현할 수 없는 서먹

한 분위기가 계속 유지되고 있는 중이다.

물론 백호연은 테른의 능력에 대해서 너무나 잘 알기에 토를 달지 않았다.

하지만 알렉산드로와 카이쇼 무사시는 내심 테른이 자신들이 상대하기 힘든 녀석을 처리하러 움직인다는 말에 약간은 불만이 있는 듯했다.

급조한 팀이다 보니 알게 모르게 삐걱거리는 면이 있지만 어느 정도 각자가 스스로 적당히 팀워크를 맞추려고 노력하고 있기에 아직 크게 문제되진 않았다.

거기다 상대가 마족 아니면 마족의 끄나풀일 가능성이 높은 녀석들이니 같은 편끼리 분란이 일어날 경우 자멸할 수도 있음을 모두가 잘 알고 있었다.

때문에 굳이 현중이나 베이스퍼가 나서지 않아도 되어서 그 점은 나름 편했다.

각자가 원해서 왔고 뭔가 다들 자신만의 목표가 있으니 이곳에 모여 있기에 약간씩은 서로가 불편과 불만을 감수하고 있는 것이다.

"혹시라도 대규모 살상 무기가 사용될 경우 제가 처리하겠습니다."

끄덕!

끄덕끄덕!

테른에 대해서는 약간의 불만을 표현하던 알렉산드로와 카이쇼 무사시도 현중의 말에는 약속이라도 한 듯 고개를 끄덕였다.

아니, 오히려 당연하다는 듯한 표정들이다.

그중에 베이스퍼는 속으로 혹시라도 러시아가 핵탄두를 발사해도 어쩌면 현중이라면 처리가 가능할 것이라고 믿고 있을 정도이니 다른 사람들은 말할 필요가 없었다.

이미 전날 보여준 인챈트 마법으로 현중은 더 이상 이들에게 인간이 아닌 존재가 되어버렸다.

괴물을 넘어 어쩌면 살아 있는 천사나 신일지도 모른다고 생각하는 사람들이 대다수였다.

단 한 명, 이곳에서 현중을 그저 현중으로 보는 사람은 오직 마리아뿐이었다.

이미 사랑이라는 콩깍지가 씌어 버린 마리아는 현중의 등에서 마나의 날개가 튀어나와도,

'아, 예쁜 날개를 가졌구나.'

라고 생각해 버렸고, 엄청난 능력을 발휘해서 기적 같은 힘을 보여도,

'아, 원래 이런 사람이었지.'

라고 생각해 버리니 아무리 강해봐야 마리아에게 현중은 그냥 현중일 뿐이었다.

사람의 시선 차이라는 게 어떤 면에서는 엄청나게 무서운
차이를 보일 수도 있는 것이다.
아무튼 이러는 사이에 현중은 계획의 설명을 끝냈다.

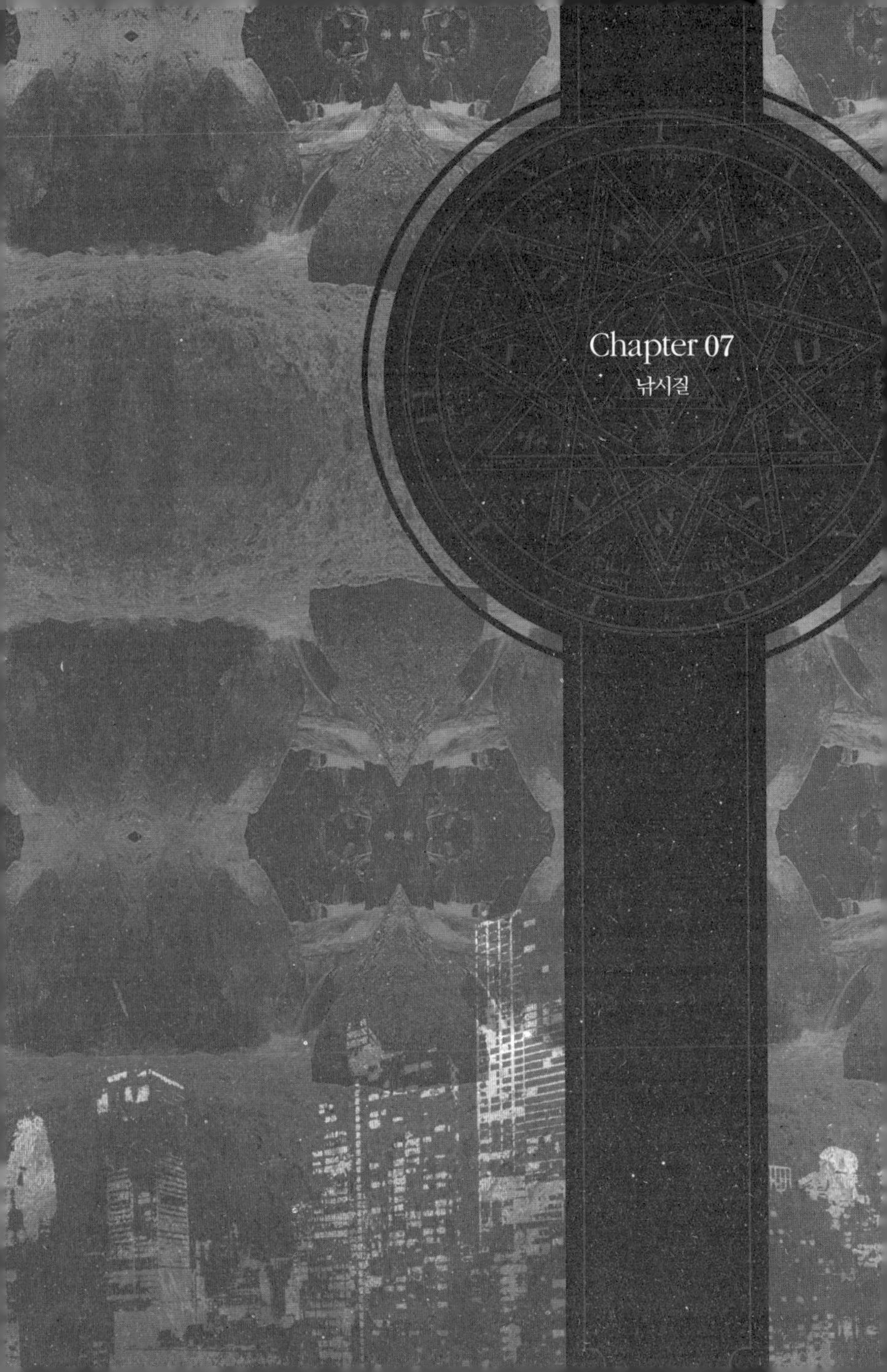

Chapter 07
낚시질

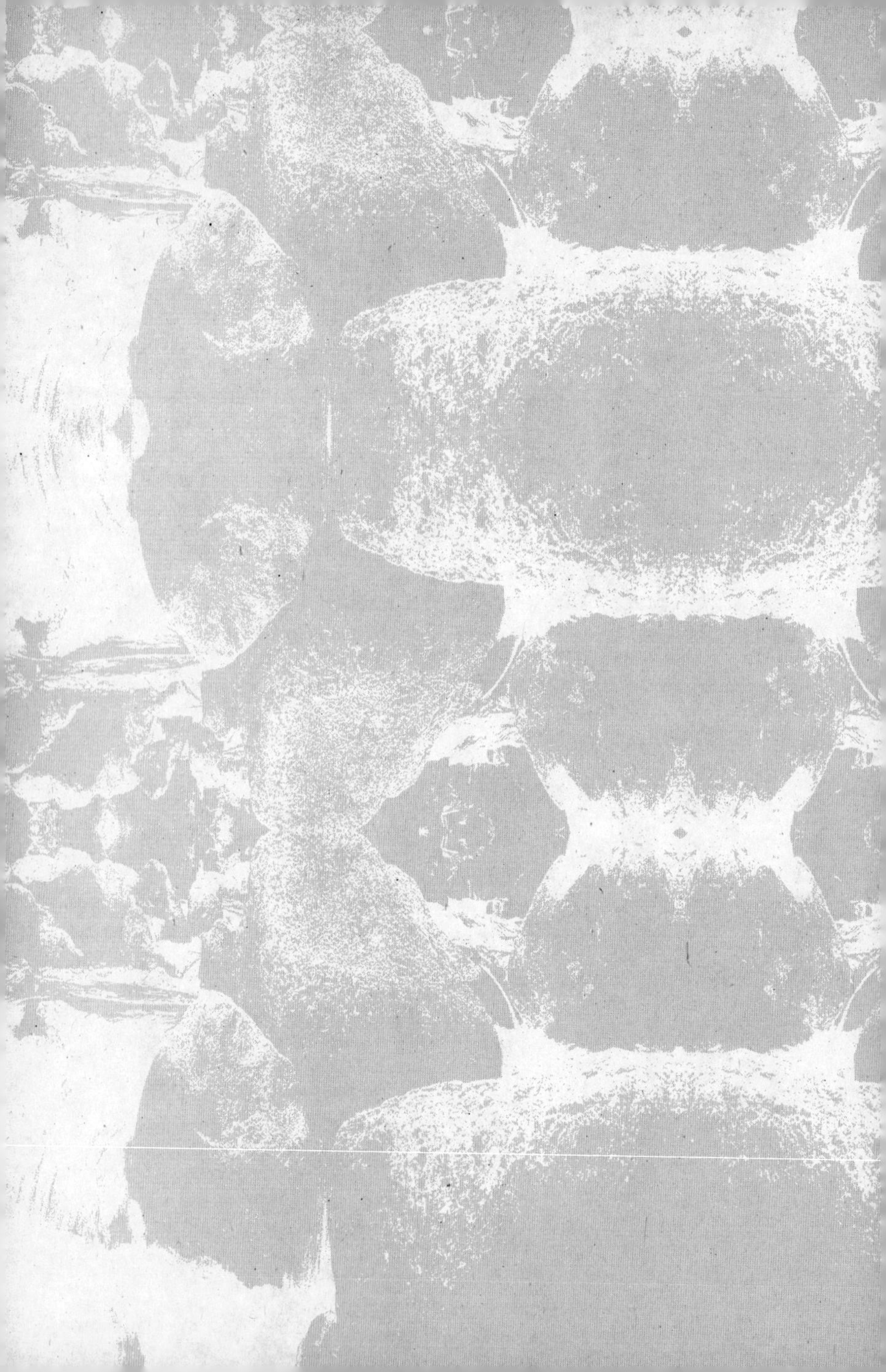

"그게 다?"

순간 뭔가 거창하고 엄청나고 스펙타클한 계획을 기대했던 각국의 마스터들은 현중의 설명이 끝나자 오히려 멍한 모습이었다.

"뭔가 더 바라나요?"

반대로 현중은 이 정도면 훌륭한 계획이 아니냐는 듯 당당했다.

웅성웅성~

현중의 너무나 간단한 계획을 정리하면 이랬다.

첫 번째로 유인한다.

덤비면 마스터들이 깨부순다.

그러다 쪼금 센 놈이 나오면 테른이 깨부순다.

그리고 정말 미사일이라도 발사되면 현중이 깨부순다.

이게 끝이었다.

"현중 군."

결국 마스터들 사이에 말이 많아지자 베이스퍼가 가장 먼저 현중에게 대표 격으로 질문을 시작했다.

"네."

"뭐로 유인할 건가?"

베이스퍼의 질문이 떨어지자마자 백호연이 손바닥을 치면서 뒤늦게 깨달은 듯 아차 하는 제스처를 보여주고, 다들 베이스퍼가 정말 중요한 질문을 했다는 듯이 현중에게 시선을 집중했다.

"후후훗, 녀석들이 달려들 만한 먹이가 있죠."

현중이 테른을 슬쩍 바라보자 테른은 고개를 끄덕이더니,

펄럭!!

등에서 커다란 칠흑 같은 검은 날개를 펼치더니 그대로 하늘로 날아올랐다.

그리고 그런 테른의 모습을 바라보던 마스터들은 태연하게 고개를 끄덕이면서,

"하긴… 주인이 천사의 날개를 가졌는데 부하가 저런 날개 하나 있는 게 별 대수인가."

"뭐, 그렇겠지. 어차피 현중과 그 부하는 상식적인 기준에서 생각하면 안 되니까."

"맞아, 맞아."

마스터들도 현중에 관한 일이라면 있는 그대로 받아들이기로 마음먹었는지 그리 놀라거나 특별하게 보는 시선이 없었다.

하지만 베이스퍼는 그런 모습을 보면서 어떤 면에서는 참 무섭다고 생각했다.

'인간은 적응의 동물이라더니… 스스로 납득해 버리니 모든 걸 편안하게 보는 시선을 가지게 되는군.'

세상만사 마음먹기에 따라 옆에서 보기에는 똑같을지라도 직접 보는 사람마다 달라진다는 말이 어떤 건지 새삼 깨닫게 되는 상황이었다.

아무튼 이런 그들이 올려다본 테른은 대충 높이가 100미터 정도 될 만큼 높이 올라가서는 뭔가 꿈틀거리더니,

쑤우욱!

그의 가슴에서 뭔가 튀어나오는 게 보였다.

처음에는 보일 듯 말 듯한 아주 작은 것이 점점 커지기 시작하더니, 높은 곳에서 떨어지는 것의 특성상 가속도가 붙었

는지 급속도로 커졌다.

쿵!! 우웅!!

테른의 가슴에서 튀어나와 땅으로 떨어진 것은 마치 길쭉한 모양의 커다란 바위 같았지만 그 재질은 은색에 가까운 금속이었다.

"쿨럭!"

하늘에서 갑자기 엄청난 크기의 금속이 땅으로 떨어져 박혀 버렸으니 그 충격이 오죽하겠는가.

거기다 머리카락이 흩날릴 만큼 강한 충격파로 인해 먼지가 피어올라 멀찌감치 피하는 상황이 잠시 벌어졌다.

"저건 뭐지?"

먼지가 가라앉고 가장 먼저 테른이 아공간에서 꺼내 떨어뜨린 것을 만져 보던 베이스펴는 고개를 갸웃거렸고, 같이 온 백호연도 마찬가지였다.

실제로 이곳에서 오리하르콘을 직접 만져 본 사람은 알렉산드로와 마리아, 그리고 현중이 유일할 것이다.

다른 사람들은 들어본 적은 있어도 실제로 본 적은 없었다.

그만큼 희귀한 금속이니 오히려 보고도 모르는 게 정상이지만 말이다.

"이건?!"

마리아가 가까이 다가와 손으로 금속을 만져 보고 나서는

놀란 눈으로 현중을 바라보더니,

"현중 씨, 이거 오리하르콘인가요?"

마리아가 소리치듯 현중에게 물어보자 옆에서 실제로 만지면서도 뭔지 몰라하던 사람들의 시선이 단번에 현중에게 쏠렸다.

"오리하르콘?"

"설마… 이렇게 큰 덩어리가?"

백호연이 고개를 들어 금속 덩어리의 높이를 살펴보니 얼핏 봐도 80미터는 넘어 보이고 둘레만 해도 장정 서른 명이 둘러싸야 할 만큼 엄청난 크기다.

그런데 이 큰 게 모두 오리하르콘이라면 말이 되지 않는다.

지금 세계의 모든 나라가 오리하르콘을 찾기 위해 눈에 불을 켜고 움직이고 있는데 현중이 이 엄청난 것을 가지고 있다니 믿을 수가 없었다.

"오리하르콘입니다."

"역시……."

마리아는 저번에 탐사했을 때 만져 본 오리하르콘과 느낌이 너무나 비슷하고, 전해지는 마나의 느낌에 오리하르콘임은 확신했다.

하지만 역시나 엄청난 크기의 오리하르콘에는 압도될 수밖에 없었다.

“미친……. 이 정도면 전 세계가 몇 세기를 써도 남겠군.”

조그마한 일회용 라이터 정도 크기의 조각이 미국 남부의 전력을 100년 동안 모두 감당할 만큼 엄청난 금속이 바로 오리하르콘이다.

이 정도면 전 세계가 몇 세기 동안 펑펑 써도 아마 반도 못 쓸 것이다.

그런데 현중이 왜 갑자기 이걸 꺼냈는지 생각하던 마스터들은 동시에 누가 먼저랄 것도 없이 현중을 다시 보면서,

“설마… 이걸……?”

“미끼로?”

다들 설마 자신들의 생각이 틀리길 바라는 마음으로 물어봤지만 현중은 웃음 지었다.

“맞습니다. 이걸로 유인할 겁니다.”

현중의 대답이 떨어지자 모두 기다렸다는 듯 한꺼번에 탄식과 함께 땅이 꺼져라 한숨을 내뱉었다.

“어째… 쉬울 리가 없다고 생각했지.”

“쩝. 러시아군을 가장 먼저 상대해야 되겠군.”

이곳은 러시아 땅이니 아마 가장 먼저 달려오는 것은 러시아군일 것으로 다들 짐작했다.

“진짜… 전쟁을 치러야 하는 건가.”

정말 군대를 상대로 움직여야 할지도 모른다는 생각 때문

인지 분위기는 급 다운되었지만 현중은 그런 그들을 보면서,

짝!

손뼉을 쳐 모두의 시선을 모았다.

"저희가 군대를 상대할 일은 아마 당장은 없을 겁니다."

"어째서?"

베이스퍼가 현중의 말에 의문을 표하자 현중은 오리하르콘을 슬쩍 만져 보더니,

"그냥 기다릴 겁니다. 이곳에서 녀석들이 먼저 나타나길 말이죠."

"무작정 말인가?"

"네. 무작정 기다릴 겁니다."

이건 또 무슨 말도 안 되는 계획이란 말인가?

다들 현중의 말에 이해를 못하는 듯하자 테른이 슬쩍 현중 앞으로 모습을 드러냈다.

―마스터를 대신해서 제가 말씀드리겠습니다.

드디어 테른이 입을 열었다는 생각에 다들 호기심 반, 궁금함 반으로 테른에게 시선을 모았다.

―우선 저희는 어떤 녀석들이 러시아군과 미군 사이의 철통 보안 속에서 오리하르콘을 가져갔는지 모릅니다. 즉, 저희는 적이 누군지 모르는 겁니다. 그래서 기다리는 것입니다. 적을 모른다면 적이 원하는 것을 가지고 기다리는 게 가장 확

실한 방법이기 때문입니다.

간결하면서도 논리적인 테른의 설명에 다들 고개를 끄덕이긴 했지만 베이스퍼는 생각이 조금 다른 듯했다.

"테른 군의 말을 잘 듣긴 했지만 언제까지 기다릴 텐가? 마냥 기다릴 수도 없는 일이 아닌가? 며칠, 아니, 최대 몇 달 정도는 몰라도 그 이상은 모두가 힘들 것으로 예상되네만."

베이스퍼가 현실적인 문제를 지적하자 테른은 고개를 끄덕이면서,

―역시 그 문제도 이미 해결하기 위해서 움직이고 있습니다. 백련교와 사이언톨로지의 수뇌부에 이미 이곳에 두 번째로 발견된 오리하르콘 동상이 있다고 은밀하게 소문을 퍼뜨렸습니다.

"소문?"

―네. 현재 가장 유력한 녀석들이기도 하지만 녀석들이 오리하르콘을 훔친 범인이든 아니든 어차피 저희가 처리해야하는 녀석들입니다. 즉, 오리하르콘으로 녀석들을 한꺼번에 끌어들이는 것입니다.

테른의 말에 백호연은 '아, 그렇구나' 했지만 그 외는 모두 고개를 흔들었다.

"그건 테른 자네가 모르는 일이네. 아무리 그래도 그들이 쉽게 모습을 드러낼까? 그동안 그렇게 숨어서 지낸 녀석들인

데 말이야. 거기다 점조직으로 철저하게 베일에 가려져 있는
단체였다는 것을 생각하면 불가능하네.”

베이스퍼가 확실하게 불가능한 이유를 들면서 말하자 카
이쇼 무사시도 베이스퍼의 말에 동의했고, 알렉산드로도 고
개를 끄덕이면서 테른의 말은 실현 불가능하다고 생각했다.

하지만 테른은 오히려 입가에 미소를 지으면서,

─우선 일반적으로 보면 백련교나 사이언톨로지가 제 발
로 이곳으로 오는 것이 아마 말도 안 된다고 생각하는 게 맞
습니다.

슬쩍 테른이 베이스퍼의 말에 힘을 실어주었다. 그런데,

─하지만 한 가지 잊고 있는 게 있습니다.

“잊고 있는 것?”

─모든 인간이 가지고 있는 욕심이란 것이죠.

“욕심?”

뭔가 뜻을 알기 어려운 말을 하는 테른의 모습에 베이스퍼
가 얼굴을 찡그리자,

─우선 백련교는 소환 의식으로 마족을 몇 번이나 불러냈
습니다. 하지만 그렇게 불러냈지만 건진 이득은 전혀 없다시
피 합니다. 왜냐하면 번번이 마족을 이용해서 움직이려고 할
때마다 거의 저희가 막아왔기 때문입니다. 즉, 현재 백련교는
상당한 양의 자금적 타격을 받았을 것입니다. 그리고 현재 제

가 알아본 결과 백련교는 점조직이 스스로 돈을 알아서 충당
해야 할 만큼 자금 압박을 받고 있는 걸로 어느 정도 확인이
됐습니다."

일행은 설마 백련교에 그런 사정이 있을 줄은 예상도 못하
고 있었는지 조금 놀라는 표정들이었다.

—자, 그럼 지금 이렇게 자금 압박을 받고 있습니다. 그리
고 이미 한번 오리하르콘이 발견된 곳에서 또다시 오리하르
콘이 발견되었다는 소식이 퍼지게 됩니다. 그리고 그 사실을
아직 러시아군이나 미군이 모르고 있습니다. 그저 고고학을
위해 탐사하던 학자들이 우연히 발견한 것으로 소문은 퍼져
있으니까 말이죠. 그럼 여러분은 어떻게 하시겠습니까? 소문
의 진실을 위해 슬쩍 오리하르콘 조각도 소문과 함께 백련교
에 약간 유통을 시켰습니다.

테른의 말에 베이스퍼는 잠시 생각하더니,

"나라면… 움직이겠군. 그것도 최대한 빨리 말이야."

반론의 여지가 없었다. 지금 테른의 말이 사실이라면 시간
과의 싸움이나 마찬가지이니 말이다.

현재 러시아에서 발견된 오리하르콘은 주인이 없다고 생
각할 것이다. 그럼 당연히 줍는 게 임자인 셈이다.

특히나 현재 오리하르콘의 가치는 그 어떤 것으로도 판가
름하기 힘들 만큼 모두의 관심을 받고 있는 중이다.

한마디로 오리하르콘 자체가 부르는 게 값인 셈이다.

"사이언톨로지에도… 비슷하게 소문을 퍼뜨린 겐가?"

베이스퍼가 슬쩍 테른에게 물어보자 테른은 고개를 끄덕이면서,

─비슷합니다. 다만 사이언톨로지는 신중하게 움직이는 특성상 오리하르콘 덩어리를 조금 더 큰 것으로 했지만 백련교와 달리 완전히 점조직으로 움직이는 탓에 아마 그들의 수뇌부에까지 소식이 전해지려면 어느 정도 시간이 걸린다고 생각됩니다.

베이스퍼는 테른의 말에 혀를 내둘렀다.

사이언톨로지가 점조직으로 움직이기에 백련교보다 소문이 퍼지는 시간이 더 걸리는 것까지 감안해서 백련교가 먼저 달려들게끔 계획을 짠 것이다.

어떻게 보면 참 단순하면서도 허점이 많아 보였다.

하지만 현재 백련교의 자금 사정과 딱 맞물린다면 이건 성공 확률이 제법 높은 편이다.

"근데 이거 정말 세계에서 가장 단단한 금속인가?"

이야기에 끼지 않던 알렉산드로는 아무래도 지금 이슈의 중심에 있는 오리하르콘에 호기심을 느낀 듯했다.

사실 이곳에 있는 모두가 오리하르콘에 관심이 많았다.

에너지원이라는 것을 떠나 세계에서 가장 경도가 높아 단

단하다는 다이아몬드보다 몇 배나 단단한 금속으로 알려진
오리하르콘으로 무기를 만든다면 과연 어떻게 될까 하는 호
기심이 생긴 것이다.

그나마 다들 자신의 무기에 만족하기에 호기심에 그쳤지
만 알렉산드로는 아무래도 얼떨결에 대검과 권총을 인챈트한
것 때문에 알게 모르게 오리하르콘에 관심이 많았다.

이걸로 대검을 만든다면 절대로 부러질 일이 없을 것 같다
는 생각이 든 것이다.

턱턱.

알렉산드로는 인챈트된 대검 외에 투척용으로 가지고 있
던 여분의 대검 손잡이가 티타늄으로 되어 있음을 떠올렸다.

현존하는 금속 중에서도 높은 강도를 자랑하는 티타늄이
라면 오리하르콘의 강도를 시험하는 데 부족함이 없다.

알렉산드로는 대검 손잡이 부분으로 오리하르콘을 툭툭
두드렸지만 덩어리가 워낙 커서 그런지 둔탁한 소리조차도
들리지 않았다.

"음."

잠시 뭔가 생각하던 알렉산드로는 무슨 생각인지 마나를
활성화시켰다. 그리고 힘껏 방금 두드렸던 투척용 대검의 손
잡이를 강하게 움켜쥐고는 오리하르콘에 내려찍었다.

캉!

　이번에는 마나를 사용해서 그런지 제법 큰 소리가 들렸고, 그 바람에 갑자기 들린 소리에 모두가 뒤돌아보자 멋쩍게 웃고 있는 알렉산드로였다.

　"이런, 티타늄이 완전 일그러져 버렸군."

　티타늄도 제법 강한 편에 속하는 금속이다.

　하지만 마나를 실어 거의 자동차가 전속력으로 부딪치는 듯한 힘으로 내려찍자 대검의 티타늄이 형편없을 만큼 찌그러져 버린 것이다.

　다들 알렉산드로처럼 오리하르콘의 단단함이 과연 진짜인지 궁금하기도 했지만 실제로 실험해 보지는 않았다.

　하지만 알렉산드로는 다른 마스터들과 달리 군인 출신이라 그런지 확인을 해야만 직성이 풀리는 성격이다.

　거기다 세상에서 가장 단단하다고 알려진 오리하르콘이 바로 옆에 있는데 참고만 있는 것은 그에게는 고문이기도 했다.

　"허참, 자네는……."

　베이스퍼도 굳이 알렉산드로의 행동을 나무라진 않았다. 자신도 은근히 과연 얼마나 단단한지 궁금했으니 말이다.

　하지만 티타늄이 찌그러지고 정작 오리하르콘은 상처는커녕 어디를 때렸는지 찾지도 못할 만큼 흠집 하나 생기지 않았다.

그런 모습에 마리아를 제외한 네 명의 마스터가 동시에 서
로를 쳐다보면서 하는 생각은 오로지 하나였다.

'이걸로 검을 만들면……'

'이걸로 권갑을 만들면……'

'이걸로 카타나를 만들면……'

'이걸로 대검을 만들면……'

하나같이 오리하르콘으로 자신이 사용하는 무기를 만든다
면 하는 생각이 머릿속에 번쩍였다. 그런 그들의 생각을 현중
이 모를 리가 없었다.

"한번 실험해 보시겠습니까?"

현중이 오히려 나서서 슬쩍 운을 띄웠다.

사실 이 오리하르콘은 현중의 것이기에 무작정 손대기가
좀 그래서 눈치만 보고 있었던 마스터들은 오히려 기다렸다
는 듯 고개를 끄덕였다.

알렉산드로는 말보다 행동이 빨랐다. 이미 권총을 꺼냈던
것이다.

현중도 한때 검을 사용했던 무인이기에 지금 이들의 마음
을 누구보다 잘 알고 있었다.

거기다 이건 곧 현중이 직접 지금의 밋밋한 덩어리에서 어
느 정도 동상 같은 모습으로 만들 것이기에 그전에 맘대로 해
도 크게 상관이 없었다.

그리고 현중이 이렇게까지 이들에게 오리하르콘을 맘대로 건드려 보라고 하는 가장 큰 이유는 열망이 보였기 때문이다.

현중이 인챈트를 해준 무기를 모두 가지고 있지만 실제로 사용한 적이 없다.

즉, 지금 자신들의 무기가 어떤 능력을 가지고 있고 어떤 위력을 발휘할지 전혀 모르고 있기에 궁금해 미치는 것이 뻔히 보이기 때문이다.

마나가 파도처럼 일렁이면서 검신을 따라 흐르는 무기를 가지고 있는 모두에게 과연 지금 자신의 무기가 얼마나 강할까, 어떤 위력을 발휘할까 시험해 보고 싶은 것이 당연했다.

한마디로 현중은 스트레스를 풀어보라고 자리를 만들어주는 것이다.

물론 마리아만 아직 인챈트를 해주지 않았기에 굳이 오리하르콘을 두들기는 짓을 하고 싶지 않았는지 뒤로 빠져 레이스의 곁에 서 있을 뿐이다.

"얼마나 단단할까?"

가장 먼저 나선 것은 이중에서 가장 능력이 높고 나이도 많은 베이스퍼였다.

본래 베이스퍼는 빠른 검이 특기였다.

그리고 그 빠르기를 주무기로 해서 세상에서 자신이 베지 못할 것은 없다고 입버릇처럼 말해왔다.

그렇기에 어쩌면 지금 오리하르콘을 상대로 검을 시험하는 것은 자신의 실력을 시험하는 것이나 다름없었다.

다른 이들도 베이스퍼의 모습을 숨죽이며 가만히 지켜보고 있었다.

마스터를 넘어 마이스터의 경지를 이룩한 베이스퍼의 실력을 실제로 이곳의 마스터 중 직접 본 사람이 아무도 없기에 마스터들의 시선은 눈빛만으로도 피부가 짜릿할 정도였다.

"후……."

깊게 숨을 들이쉬면서 천천히 걸어 오리하르콘 앞에 선 베이스퍼는,

철컥!

자신의 검을 허리 쪽에 대고 검집을 강하게 움켜잡으면서 허리를 비틀기 시작했다.

천천히, 하지만 결코 느리지도 않았다.

지금까지 수백 번, 아니, 수천 번을 사용했던 발검(發劍)을 사용하기 위해 최대한 힘을 모으는 것이다.

그리고 허리를 비틀어 준비 자세를 끝내자 마나를 활성화시키기 시작했다.

"후아!!"

기합 소리와 함께 베이스퍼의 몸 주위로 푸른 아지랑이가

희미하게나마 일어났다.

마나를 활성화시킨 베이스퍼는 그대로 시선을 오리하르콘에 집중하고 서서히 검의 손잡이에 손을 가져다 올렸다.

우선 손가락에 힘을 빼고 아주 살짝 움켜쥐는 시늉만 했다.

사람들은 발검을 할 때 온몸에 힘을 잔뜩 주고 힘으로 검을 뽑는 경우가 많다. 하지만 그건 오히려 발검을 죽이는 행동이었다.

발검은 힘이 아닌 속도로 승부하는 기술이었다.

당연히 몸에 힘이 들어가면 갈수록 근육이 경직되어 검이 뽑히는 속도는 그냥 뽑을 때보다 오히려 느려지기 일쑤다.

지금 베이스퍼의 자세는 허리를 비틀면서 시선은 오리하르콘을 보고 있었다. 온몸이 꽈배기처럼 비틀려 있는 것이 마치 몸 안의 스프링을 한껏 비틀어서 금방이라도 튀어오를 듯한 모습이었다.

거기다 그런 몸의 스프링에 마나의 힘까지 더해지면 그 위력은 아마 상상을 초월할 것이다.

'실수하면 부러진다.'

지금 베이스퍼가 이렇게 긴장하는 이유는 바로 자신의 모든 힘을 사용해서 발검하게 되면 그건 쾌를 넘어 섬의 경지에 오를 만큼 빠를 것이다.

옆에서 아무리 자세히 봐도 뭔가 번쩍하는 느낌과 함께 순식간에 발검이 끝나기 때문이다. 하지만 반대로 그렇게 빠른 발검은 속도가 빠를수록 질량이 늘어나 위력이 증가하는 법칙 때문에 만약에 오리하르콘을 베는 것에 실패한다면 그 충격은 모두 베이스퍼의 검으로 되돌아오게 된다.

그렇게 되돌아온 충격은 아무리 인챈트했다지만 검이 버틸 수 없을 것이라고 생각하는 베이스퍼였다.

'벤다. 무조건 벤다.'

아주 잠깐이지만 혹시라도 실패해서 검이 부러진다는 생각이 들자 베이스퍼는 마치 최면을 걸 듯 내심 중얼거렸다.

'내가 세상에 베지 못하는 것은 없다. 그 어떤 것도.'

아주 사소한 망설임도 있어서는 안 되는 순간이었다.

찰나의 순간 망설임으로 인해 검끝이 흔들리면 그것으로 끝나기 때문이다.

"후웁. 후웁!!"

길게 내쉬던 베이스퍼의 호흡이 일순간 멈췄다.

'지금이다.'

'놓치면 안 된다.'

자신보다 높은 경지에 있는 고수의 검을 견학할 수 있는 기회가 거의 전무하다시피 한 현재 지구의 특성상 이번 베이스퍼의 발검을 놓치게 되면 아마 평생 후회할지도 모른다는 생각에 모두의 시선이 집중되었다.

사락~

아주 조금 불어오던 바람에 나뭇잎이 흩날리며 베이스퍼의 앞으로 날아들었다.

촤라라라라락!!

번쩍!!

바람 따라 떠돌던 나뭇잎이 베이스퍼의 얼굴까지 날아와 베이스퍼의 눈동자 앞을 지나는 순간 강렬한 쇳소리와 함께 마치 강한 플래시를 터뜨린 듯 베이스퍼의 검집에서 빛이 폭발하듯 사방으로 퍼졌다.

"……."

스르렁.

아주 짧은 번쩍임이었다.

하지만 이미 그 번쩍이는 빛이 사라졌을 때는 꼿꼿하게 서서 자신의 카타나를 검집에 천천히 집어넣는 베이스퍼의 모습만 보였다.

"……."

다들 베이스퍼의 발검이 성공적으로 끝난 건지 궁금해 천천히 다가갔다.

아직도 호흡을 고르고 마나를 안정시키기 위해 잠시 명상을 하고 있는 베이스퍼를 뒤로하고 오리하르콘에 시선이 모였다.

“실패인가?”

그냥 보기에는 너무나도 깨끗한 모습이다. 뭔가 베고 지나간 흔적도 보이지 않았다.

쾌를 넘어 섬의 경지에 이른 인간이 발휘할 수 있는 속도를 넘은 능력으로 발검했지만 안타깝게도 오리하르콘에는 흠집 하나 나지 않은 것이다.

쩌걱!!

“응?”

모두가 실패했다고 생각하고 고개를 돌리려고 할 때쯤 나무줄기가 벌어지듯 오리하르콘이 입을 벌리면서 거의 1미터는 넘어 보이는 커다란 검흔을 드러냈다.

마치 칼로 두부를 벤 듯 깨끗한 단면과 함께 커다란 입을 벌리듯 벌어진 상처는 보는 이로 하여금 경악을 느끼기에 충분했다.

“이번에는 내가……!”

베이스퍼가 자신의 카타나로 오리하르콘을 보기 좋게 베어버리자 카이쇼 무사시가 곧바로 앞으로 나오더니 베이스퍼가 검흔을 남긴 바로 옆에 자리를 잡았다.

그런 카이쇼 무사시의 모습에 현중은 피식 웃었다.

“왜 웃어요?”

마리아는 현중이 카이쇼 무사시가 앞으로 나서는 모습을

보고 웃자 궁금해서 물었다.

"이제 겨우 첫발을 내딛어 놓고 뛰어가려고 욕심 부리는 모습이 그냥 안타까워서 말이죠."

다른 사람들은 몰라도 현중은 똑똑히 볼 수 있었다.

베이스퍼의 발검이 어떤 건지 말이다.

사실 현중도 직접 보고 나서야 베이스퍼의 강함이 어느 정도인지 얕잡아봤음을 알게 되었다.

역시 직접 보기 전까지 인간이 얼마나 강해지는지 미리 짐작하는 것은 어리석은 일이다.

다른 사람에게는 검집에서 빛이 폭발하듯 뿜어져 나온 뒤에 베이스퍼가 다시 검을 천천히 갈무리하는 모습만 보였겠지만, 그들이 간과하고 있는 것이 있으니 바로 오리하르콘에 남겨진 검흔의 모습이었다.

아무리 강하게 검을 휘둘러도 저렇게 커다란 검흔을 남기기는 힘들다.

애초에 오리하르콘이 금속이 아니라 다른 종류의 것이라면 어느 정도 틈이 벌어져서 저렇게 커졌다고 생각할 수 있겠지만 오리하르콘은 금속이었다.

지금 눈에 보이는 커다란 검흔을 남기려면 최소한 배틀액스 정도 되는 두껍고 커다란 날로 베어야 비슷한 흔적이 남을 것이다.

하지만 베이스퍼의 카타나는 겨우 2㎜도 되지 않는 두께를 가진 외날 카타나였다.

검면이 조금 넓긴 했지만 카이쇼 무사시의 일본도에 비해 조금 넓을 뿐 크게 차이가 없었다.

길이도 카이쇼 무사시의 검보다 길긴 했지만 베이스퍼의 신장을 생각하면 그리 긴 편도 아니다.

그럼 어떻게 저렇게 커다란 검흔을 남겼을까? 이유는 너무나 간단했다.

베이스퍼는 처음 발검하는 순간 그 누구도 보지 못할 만큼 빠르게 세 번이나 오리하르콘을 벤 것이다.

그것도 정확하게 처음에 벤 곳을 똑같이 두 번 더 베어버렸다.

당연히 한 번 벨 때보다 두 번째 벨 때가 당연히 검흔이 크게 나온다.

그리고 마지막으로 세 번째도 같은 곳을 베었으니 검흔의 크기와 깊이가 저렇게 크고 깊게 나올 수밖에 없었다.

한 번 자신이 벤 곳을 또다시 베는 것도 극히 힘든 일이다.

엄청난 집중력과 기술, 그리고 한 치의 흐트러짐이 없는 정신력이 필요한데 베이스퍼는 그걸 세 번이나 해낸 것이다.

그리고 그 누구도 베이스퍼가 세 번 휘둘렀다는 것을 알지 못했다. 현중을 제외하곤 말이다.

“젠장!!”

카이쇼 무사시도 자신의 마나를 활성화시키면서 거의 베이스퍼와 비슷하게 발검했지만 베이스퍼와 달리 강한 빛이 번쩍이지도 않았다.

거기다 오리하르콘을 베긴 했지만 줄을 그은 듯 깨끗하게 선만 그렸을 뿐이다.

베이스퍼의 검흔과 너무나 비교되는 모습에 결국 자존심이 상한 카이쇼 무사시는 거칠게 검을 다시 갈무리하고는 뒤돌아서 버렸다.

“내 발검의 기술을 아는 듯한 얼굴이군그래.”

베이스퍼는 카이쇼 무사시의 억울해하는 모습에 슬쩍 모른 척 뒤로 빠져 현중의 곁으로 오다가 카이쇼 무사시의 발검을 보고 웃는 모습을 보고 물었다.

현중은 손가락 세 개를 펴 보이면서,

“세 번.”

“크크큭, 역시 자네한테는 보였군그래.”

베이스퍼는 혹시라도 현중이 못 봤기를 살짝 기대하면서 물어봤지만 너무나 정확하게 본 것이다.

거기다 현중은,

“검집에서 뿜어져 나온 빛의 정체는 아마 세 번의 발검을 연속으로 하면서 카타나와 검집의 마찰로 생긴 것이지요?”

정확하게는 검집과 카타나의 마찰에 베이스퍼의 마나가
폭발적으로 뿜어져 나오는 효과까지 더해진 것이었다.

"맞았네."

베이스퍼는 현중의 말에 웃으면서 끄덕였다.

아마 지금 자신이 했던 것을 해보라고 한다면 현중은 보란
듯이 다섯 번이라도 연속 발검을 할 수 있을 것이다.

그리고 그걸 베이스퍼가 모를 리 없었다.

베이스퍼가 현재 검의 길을 걸으면서 목표로 삼고 있는 것
은 바로 현중이었으니 말이다.

데에에에에에엥!!

흐뭇하게 현중과 베이스퍼가 이야기를 나누는 와중 갑자
기 바로 옆에서 커다란 종을 친 듯한 엄청난 소리가 들렸다.

돌아보니 백호연이 자신의 주먹을 움켜쥐고서 방방 뛰고
있었다.

"미련한 친구, 검과 달리 권갑은 충격이 바로 주먹으로 전
달되는데……."

사람들은 싸울 때 주먹을 쥐는 게 일반적이다.

권투를 할 때도 주먹을 쥐고 싸운다.

하지만 사실 주먹은 의외로 깨어지기 쉽다.

사람의 손 구조상 말아 쥐는 형태가 가장 이상적이기에 주
먹을 무의식중에 쥐게 되지만, 반대로 그렇게 움켜쥔 주먹은

충격을 흡수해서 오히려 자신의 손을 망가뜨리는 주요 원인
이기도 했다.

그래서 어설프게 주먹을 쥐고 상대를 때릴 경우 오히려 상
대보다 때린 사람의 주먹이 부러지거나 다치는 경우가 더 많
았다.

그리고 손의 특성상 한번 다치면 오래가는 경우가 많았다.

그렇다 보니 주먹을 단련하지 않고 서투르게 주먹을 쓰는
무술가는 없었다.

거기다 권법가인 백호연이 주먹을 움켜쥐고 방방 뛰는 모
습을 보니 어지간히 고통이 심한 듯했다.

평생 주먹을 단련해 온 백호연은 다른 마스터와 달리 주먹
이 무기이다 보니 어쩔 수 없이 주먹으로 힘껏 후려쳤다.

하지만 결과는 허무했다.

엄청난 종소리를 주변에 퍼뜨리고는 자신은 주먹을 감싸
안은 채 방방 뛰어야 했으니 말이다.

그나마 평생을 단련해 온 주먹이라 그런지 다치거나 하지
는 않아 보였다.

그래도 그렇게 무식하게 한 공격이 약간은 효과가 있긴 했
다.

"정확하게 권갑 모양대로 자국이 찍혀 있군."

마치 진흙에 찍은 듯 선명하게 백호연의 권갑 모양대로 주

먹 모양이 찍혀 있었다. 하지만 두 번 도전할 생각을 버린 백호연이었다.

마지막으로 알렉산드로는 가만히 오리하르콘을 계속 노려보다가 결국 고개를 흔들었다.

자신은 다른 사람들처럼 빠른 특기도 없고 백호연처럼 무식한 육체를 소유한 것도 아니었다.

그러니 괜히 해봐야 힘만 낭비한다고 생각했는지 깨끗하게 물러서는 모습이다.

애초에 알렉산드로가 원했던 궁금증은 이미 앞의 다른 마스터들이 도전하면서 다 풀려 버렸다.

그렇게 어느 정도 호기심이 일단락되는 듯했지만 뭔가 다들 오리하르콘의 주변을 서성이면서 현중을 노골적으로 바라보고 있었다.

"자네가 나서길 원하는 것 같군."

베이스퍼도 은근히 현중을 향해 말하면서 슬쩍 뒤로 빠졌다.

거기다 마리아도 슬쩍 다가오더니,

"저도 조금 궁금해요."

라면서 슬쩍 보여달라고 말하자 가만히 뒤에서 구경만 하던 현중이 일어서더니 천천히 걸어 오리하르콘 앞에 섰다.

'어떤 걸 보여줄 건가?'

'설마 오리하르콘을 손가락으로 주무르는 건 아닌가?'

'뭔가 우리의 상상을 넘어서는 것을 보여줘.'

라는 뜻이 노골적으로 보이는 눈빛으로 모두의 시선이 현중에게 집중되자,

"쩝."

현중도 뭔가 자랑하려고 한 건 아닌데 현재 이들을 이끌고 있는 리더인 이상 뭔가 보여주긴 해야 했다.

다들 강해지기 위해서 평생을 바쳐 온 사람들이고, 그런 자신들이 도저히 올려다볼 수 없는 높이의 경지에 올라 있는 현중의 능력은 그 어느 것 하나 그들에게 도움이 되지 않는 게 없었으니 이런 반응은 당연했다.

"……."

슬쩍 고개를 돌려 마스터들을 살펴보던 현중은 문득 백호연이 아직도 주먹을 만지작거리는 모습을 보고서는 씨익 웃었다.

"백호연 씨."

"응?"

자신을 부르는 현중의 목소리에 반사적으로 대답하자,

"주먹은 강합니다. 단련하면 할수록 강하죠. 하지만… 때론……."

말하면서 현중은 천천히 팔을 들어 오리하르콘에 손바닥

을 살짝 가져다 댔다.

"주먹만이 진리는 아닐 수도 있다는 겁니다."

라는 말과 함께 오리하르콘에 대고 있던 손바닥을 떼고는 몸을 돌려 버리는 현중이었다.

"……?"

"……?"

뭔가 한 것도 없었다.

최소한 베이스퍼보다는 굉장한 것을 보여주길 원했던 사람들은 현중이 천천히 걸어서 본래 자신의 자리로 돌아가 엉덩이를 깔고 앉는 모습에 고개를 갸웃거렸다.

"뭐지?"

"뭘 하긴 했나?"

다들 보기에는 오리하르콘을 슬쩍 만지고 돌아서는 것 같았다.

하지만 워낙 현중의 능력이 예측 불가능하기에 혹시나 하는 생각에 현중과 오리하르콘을 번갈아 쳐다보기 바빴다.

그때,

우르르르르릉!!

엄청난 크기의 오리하르콘 덩어리에서 산이 무너지는 듯한 소리가 들리더니,

ㄷㄷㄷㄷㄷㄷㄷㄷ!!

하는 소리를 시작으로 오리하르콘 덩어리 전체가 심하게 흔들리기 시작했다.

워낙 커다란 크기에 엄청난 무게였기에 오리하르콘의 떨림을 따라 주변의 땅도 지진이 난 듯 들썩이기 시작했지만 그리 오래가진 못했다.

오리하르콘의 떨림이 멈추자 땅의 떨림도 멈춰 버린 것이다.

"……"

"……"

별것 아닌 듯 레이스의 장난을 받아주고 있는 현중의 모습과 지금은 떨림이 멈췄지만 방금 전까지 지진이 난 듯 요동치던 울림은 아직도 그들의 몸에 선명하게 남아 있었다.

그리고 알렉산드로가 다가가 현중이 손을 댔던 곳을 보고는 할 말을 잃어버렸다.

"…핸드 페인팅이군. 완전……"

마치 할리우드 영화배우들이 청동으로 핸드 페인팅을 하는 것과 똑같이 현중의 손자국이 남아 있었다.

"괴물이야… 저건……"

역시나 알렉산드로는 현중을 보면서 다시 한 번 세상에는 그 무엇으로도 설명할 수 없는 괴물이 존재한다고 굳게 믿게 되었다.

알렉산드로는 그냥 현중의 위력에 감탄만 했다.

하지만 백호연은 다가와 현중이 남긴 손자국을 보고서는 생각에 잠겼다. 그도 익히 아는 기술인 것이다.

발경(發勁).

발경은 중국 무술에서 대표적으로 알려진 기술이다.

무술의 발경에 관한 이론을 보여주거나 시범을 하게 되면 속임수에 의한 허무맹랑한 것으로 여기며 미친 사람 취급을 받았다.

그러나 지금은 무술의 대중화가 이루어진 시대인 만큼 미국, 일본을 비롯해 여러 나라에서 발경의 이론이 인정되고 있는 중이다.

과학적인 이론이 뒷받침되면서 오히려 발경은 중국 무술의 최대의 꽃이라 할 만큼 사람들의 관심을 끌고 있었다.

하지만 그와 함께 발경은 극히 실현하기가 힘든 기술로 꼽혔다.

발경도 분류가 있는데, 발경을 발휘하는 거리에 따라 척(尺), 촌(寸), 분(分)으로 나뉜다.

또 다른 분류 방법으로 명경(明勁), 암경(暗勁)이라는 말을 쓰는데, 척(尺)경을 명경이라고 하며 거리와 동작이 큰 것을 말하고, 이와 대조적으로 거리가 아주 가까운 촌(寸), 분(分)경을 암경이라고 하는데 그 위력은 동일했다.

일반적으로 사람들이 널리 알고 있는 통배권(通背拳)이 발경 기술 중 하나다.

발경은 그 까다로운 조건으로 인해 사용하는 시전자가 얼마나 능숙하게 사용하느냐에 따라 위력과 발휘되는 속도가 달라진다.

사람들은 통배권을 허무맹랑한 이야기라고 하지만 실제로 중국에서 통배권은 아는 사람은 다 아는 발경 기술 중 하나였다.

그리고 발경은 중국의 무술의 분류 중 하나인 남파와 북파 중에 북파 기술에 속하기 때문에 일격필살을 중점으로 둔 북파의 무술에서 발경은 어쩌면 필수적인 기술일지도 몰랐다.

"이건… 도저히……."

현중이 한 것은 발경 중에서도 거리가 없는, 근거리에서 하는 암경 중 하나였다. 다른 말로는 침투경이라고도 하지만 부르는 이름만 다를 뿐 다 같은 뜻이다.

그런데 이런 금속에 침투경을 사용한다는 것은 들어본 적도 없었다.

아니, 사용한다고 하더라도 지금 오리하르콘의 크기와 무게를 생각하면 도저히 생각조차 할 수 없는 위력이다.

땅이 흔들리다니, 그것도 암경 기술로 오리하르콘 덩어리를 흔들어서 말이다.

특히나 암경은 다른 발경과 달리 특징이 있는데, 가까운 곳에서 발휘되는 기술이고 무엇보다 공격한 후 위력이 폭발하는 시간을 임의로 조정이 가능하다는 것이다.

물론 그 정도로 되려면 무협소설에나 나올 법한 엄청난 고수여야 가능하다.

하지만 그 무협소설의 주인공과 같은 녀석이 바로 자신의 눈앞에 있으니 백호연은 깊게 생각할 수밖에 없었다.

그리고 영춘권을 사용하는 백호연도 발경이라는 기술을 다시 되돌아보게 되는 계기가 되었다.

그동안 자신의 주먹을 단련해서 주먹에서 뿜어져 나오는 파괴력에 스스로 만족하고 있었던 것이다.

하지만 현중이 보여준 암경 기술은 그 상식을 완전히 뒤엎어 버렸다.

"돌아가면 중국을 좀 돌아봐야겠어."

아직 알려지진 않았지만 중국에는 숨겨진 무술의 고수가 많았고, 백호연이 마스터에 올랐기에 대표적일 뿐이다.

백호연도 모르는 무술이 많은 것이다.

아무튼 현중의 발경 기술 하나로 삽시간에 조용해지자 각자 자신만의 시간을 보내기 시작했다.

잠깐 현중이 오리하르콘을 포세이돈 동상의 모양으로 만들기 위해서 좀 만지작거리긴 했지만 한 시간 만에 포기해 버렸다.

"…저건 좀 아닌데……."

"얼굴이… 많이 삐뚫지 않나?"

"뭔가 좀… 언밸런스한데……."

어떻게 현중이 만지면 만질수록 동상이 아니라 무슨 기이한 모양의 괴물로 변해가는 것이다.

현중 본인도 처음 알았지만 뭔가를 만드는 것에는 지독히도 소질이 없었다.

주변에서 이렇게 해라, 저렇게 해라 하면서 지시를 해주고 도움을 줘도 도통 좋아지기는커녕 오히려 더 이상해졌다.

"꺄르르르르르!"

결국 레이스마저 현중이 만든 동상이라는 것을 보고 배꼽 잡고 넘어져 버렸다.

상황이 이렇다 보니 현중도 더 이상 만져 봐야 나중에는 포세이돈의 동상이 아니라 네 발 달린 이상한 동물이 될 것 같아 그만둬 버렸다.

"괜찮아요."

마리아는 그런 현중에게 다가가 어깨를 토닥여 주었다.

그런데 뭔가 마음에 들지 않는 현중과 달리 마리아는 오히려 웃음을 참으려는 듯한 얼굴이었다.

"마야가 봐도 역시 웃기죠?"

현중이 자신이 만든 작품(?)을 보면서 마리아에게 한마디 하자 마리아는 오히려 고개를 흔들면서,

"아니요. 제가 웃는 건 현중 씨 때문이에요."

"……?"

마리아의 말에 현중이 모르겠다는 표정으로 마리아를 바라보았다.

"현중 씨도 못하는 게 있구나 하는 생각이 들어서요."

"…뭐 그거야… 나도 만능은 아니니까요. 신도 아니구요."

오히려 못하는 게 있는 것이 왜 웃을 정도인지 모르겠다는 현중에게 마리아는 조용히 현중의 손을 잡으면서,

"그냥… 뭐랄까, 현중 씨도 평범한 곳이 있구나 하는 생각이 들었어요. 지금까지 현중 씨는 완벽하달까? 무언가 틈을 찾아볼 수 없는 그런 사람이었어요."

"훗, 제가 완벽하다구요? 저도 그냥… 사람이죠. 조금 다른 사람과 다를 뿐이죠."

현중은 자신이 뭔가 특별하다거나 엄청난 슈퍼히어로라는 생각 자체가 없었다.

그저 원하는 대로 살아가길 원하는 다른 사람과 지극히 비슷한 사고방식을 가지고 있었다.

다만 다른 점이라면 현중은 자신이 생각하는 모든 것을 이룰 수 있는 능력이 있을 뿐이다.

물론 그건 현중 혼자만의 생각이지만 말이다.

우선 가장 가까이에서 지켜본 마리아도 현중이 못하는 것이 있다는 것에 제법 놀라면서 은근히 좋아하는 모습을 보여 주니 다른 사람들은 오죽하겠는가?

아직도 현중이 만든 괴상한 동상을 보면서 즐겁게 웃고 있는 레이스부터 알렉산드로는 대놓고 이름을 짓는 중이었다.

어찌 보면 나들이 온 듯 편안하게 웃으면서 자기 할 일 하고 오리하르콘 주변에 머물러 있는 그들의 모습이 그리 특별해 보이지는 않는다.

다만 다른 게 있다면 다들 무슨 고고학자처럼 옷차림이 편안하고 손에 발굴 장비를 들고 있다는 게 전부다.

"쩝. 이걸로 정말 녀석들이 속을까?"

알렉산드로는 군인의 특성상 뭔가 빈틈이 없는 계획을 원했지만 다들 현중이 알려준 대로 대충 걸어 다니면서 쓸데없이 땅을 한 번 팠다가 다시 덮는 등 누가 봐도 어설픈 흉내를 내고 있었다.

당연히 그게 마음에 들 리 없는 알렉산드로였다.

그런데 멀리서 본 현중에게는 오히려 그런 알렉산드로가 가장 눈에 띄었다.

마치 군바리들이 삽질하듯 열심히 땅을 파는 모습이 확연히 다른 사람들과 비교되는 것이다.

때로는 어설프더라도 다른 사람과 보조를 맞춰서 움직이
는 게 가장 자연스러워 보일 수도 있다.

하지만 투철한 군인정신이 아직 남아 있는 알렉산드로는
그게 힘들어 보였다.

"어차피 상관없겠지."

현중은 그런 알렉산드로의 튀는 행동보다 지금 우뚝 솟아
있는 오리하르콘을 보면서 나름 만족했다.

다른 무엇보다 확실한 미끼가 있으니 말이다.

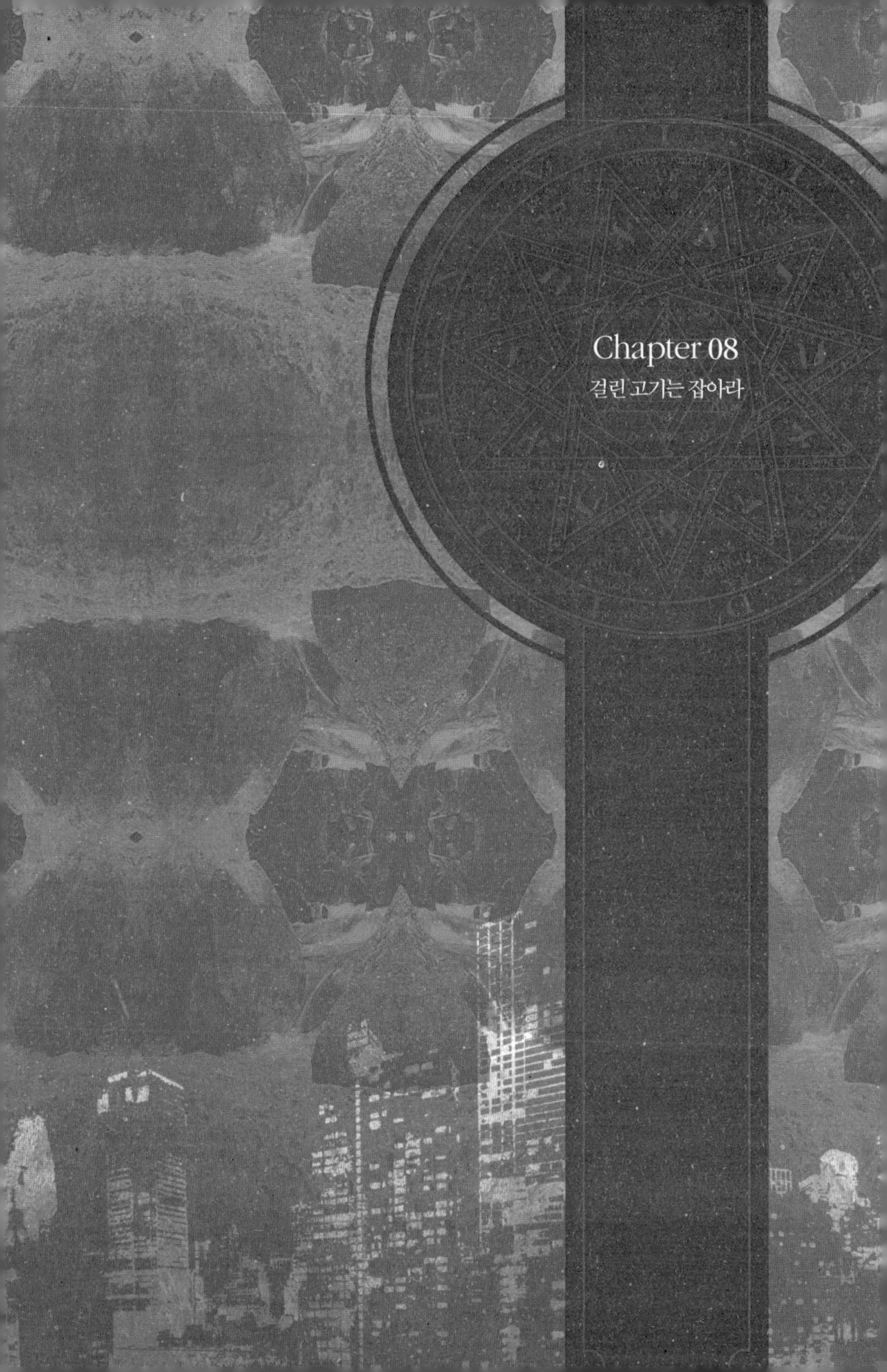
Chapter 08
걸린 고기는 잡아라

“정보는?”

“확실합니다.”

현중 일행이 오리하르콘 주변을 서성이고 있는 모습을 지켜보고 있는 눈이 있었다.

군용 쌍안경까지 동원해서 최대한 멀리서 오리하르콘의 존재를 확인한 그들은 몇 시간이고 그 자리에서 오리하르콘을 관찰하다가 슬그머니 일어서 빠르게 이동했다.

“확실히 오리하르콘이다.”

몇 번을 살펴봤지만 오리하르콘이다.

무엇보다 이번에 미군에서 러시아를 상대로 조사할 때 사용한 오리하르콘 탐지기가 반응을 보이는 것에 확신하는 모습이었다.

미군이 그렇게 쉽게 물러난 것도 모두 이 오리하르콘 탐지기 덕분이었다.

그동안 미국은 오리하르콘을 찾기 위해 별의별 방법을 다 동원했다.

그러다 가지고 있던 오리하르콘 조각을 연구 중에 특이한 것을 발견하게 되었다.

바로 오리하르콘만 가지는 특성으로 특수한 파장을 뿜어낸다는 것이다.

우연히 발견한 이 파장을 조사해서 만든 게 바로 오리하르콘 탐지기였다.

워낙에 오리하르콘이 뿜어내는 파장이 특이해서 웬만큼 거리가 있어도 오리하르콘이 맞다면 탐지기는 무조건 반응하기 때문에 지금 이들은 확신했다.

끼릭!

품에서 뭔가를 꺼내 버튼을 누르고는 미련없이 보이지 않는 곳을 향해 던졌다.

이건 일회용 신호기로 자신들의 임무가 성공했는지 실패했는지 알려주는 단순한 기능을 가지고 있는 기계였다.

이들은 바로 백호연이 그렇게 찾아 해매고 있는 백련교 녀석들로 자신들이 알고 있는 소문이 진짜인지 아닌지 확인 차 먼저 조사를 나온 것이다.

아무래도 소문이란 게 무조건 믿고 움직일 수 있는 게 아닌지라 조사는 필수였다.

그리고 그 조사를 통해 오리하르콘이 확실하다는 결과를 얻었으니 이제 남은 것은 행동하는 것뿐이었다.

씨익~

그렇게 백련교 녀석들이 자기들 딴에는 기대에 찬 모습으로 돌아갔지만 그런 그들이 있던 곳을 조용히 바라보고 있던 현중은 살며시 입가에 미소를 띠었다.

"미끼를 물었다."

솔직히 현중도 확신은 했지만 며칠 더 걸릴 줄 알았다. 그런데 생각보다 빠르게 백련교가 움직인 것이다.

하지만 그만큼 백련교의 자금 사정이 안 좋다는 것도 현중에게 알려주는 셈이었다.

소문이지만 그것에 희망을 걸고 조사를 나올 만큼 백련교 자체의 자금 사정이 어렵기에 이렇게 빠르게 움직일 수밖에 없었다.

사실 소환 의식은 사람의 목숨을 대가로 하는 것이다.

그런데 사람 납치하고 데리고 있는 게 돈이 한두 푼 드는 게 아니었다.

거기다 현중으로 인해 가장 커다란 아지트가 통째로 땅속으로 사라져 버렸고, 그로 인해 자금 압박이 더욱 심해진 것이다.

중국에서는 호시탐탐 자신들을 찾아내기 위해 공안이 비밀리에 뒤를 캐고 있었고, 국가 공인 마스터인 백호연까지 직접 나서서 자신들의 뒤를 캐고 있다는 말에 조바심이 나지 않으면 그게 더 이상했다.

본래 테른의 계획대로 어느 정도 소환 의식을 저지시키는 데는 성공한 셈이다.

마지막으로 현중이 다시 나타나서 땅속으로 집어넣어 버린 공장이 바로 백련교에서 심혈을 기울여 만든 비밀 아지트였다.

그곳의 지하에서 수백 명의 백련교 녀석이 다른 소환 의식을 준비 중이었다.

하지만 현중이 땅을 갈라 통째로 파묻어 버렸으니 백련교 입장에서는 땅을 치고 통탄할 일이 아닐 수가 없었다.

부르르릉!

백련교의 조사를 위해 왔던 녀석들이 기다린 지 몇 시간 지났을까?

커다란 트럭 수십 대가 요란한 소리를 내면서 모습을 드러냈다.

아예 작정하고 왔는지 크레인까지 끌고 나타난 것이다.

거기다 어디서 구했는지 조선소에서 사용하는 모줄 트럭(Module Truck)까지 뒤로 모습을 보였다.

모줄 트럭은 조선소나 항공 회사에서 어느 정도 완성한 제품을 옮길 때 사용하는 트럭으로 바퀴가 많아서 그 모습이 마치 지네를 닮았다.

보통 속도가 느려 짧은 거리를 이동할 때 사용하는 특수차량이었지만 오리하르콘의 무게 때문에 어쩔 수 없이 끌고 온 것이다.

현재 모줄 트럭 외에 오리하르콘을 운반할 수 있는 차량은 존재하지 않았으니 말이다.

한마디로 아예 작정하고 온 것이다.

끼릭! 철컥!!

트럭에서 내린 백련교 녀석들은 모두 하나같이 자동 소총으로 무장하고 있었는데 무기도 가지각색이었다.

러시아에 와서 구했는지 거의가 러시아제 AK—소총으로 무장하고 있었지만 거의가 나무로 만들어진 개머리판이 붙은 구형이었다.

가끔은 불가리아에서 만든 현대판 AK—소총도 보였지만 극히 몇 명에 지나지 않았다.

사막에서도 잔고장이 거의 없다고 알려진 자동소총이니만큼 테러 단체나 이처럼 불순한 목적을 가진 녀석들이 자주 사용하는 자동소총 중 하나다.

철컥!! 철컥!! 철컥!!

커다란 군용 트럭 열 대에서 내린 백련교 인원은 어림잡아 500명을 가볍게 넘어서는 듯했다.

그중에 한 명이 앞으로 나오더니 살짝 땅이 솟아올라 마치 자연이 만든 단상을 연상시키는 곳에 올라서더니,

"돌아가신 교주님의 위업을 이룰 수 있는 기회가 왔다!"

쿵!

미리 맞춘 듯 리더의 말이 끝나자 수백 명의 인원이 동시에 발을 디뎌 땅을 차자 묵직한 소리가 주변을 울렸다.

"비통하게 돌아가신 교주님께서는 우리에게 이런 축복을 남기고 떠나셨으니 우리는 기필코 교주님의 뜻을 이뤄 드려야 한다!!"

쿵쿵!!

현중이 테른을 구해주면서 땅속으로 파묻어 버린 버려진 공장의 지하에 백련교의 교주도 함께 있다가 영원히 사라져 버린 것이다.

그러자 빠르게 사람들을 선동하는 녀석이 나서서 점조직으로 흩어진 백련교를 규합하기 시작했다.

차라리 처음처럼 점조직으로 계속 움직였다면 현중으로서도 참 골치 아픈 일이었겠지만 이번에 새로 리더가 된 녀석은 너무나 감사하게 흩어진 백련교를 자기가 알아서 규합해서 한데 끌어 모아준 것이다.

테른도 그걸 알고 사이언톨로지보다 백련교를 먼저 처리하는 쪽으로 계획을 잡았다.

당연히 사이언톨로지보다 현재 백련교 쪽이 위험도가 더 높은 것도 원인 중 하나이긴 했다.

숫자는 사이언톨로지에 비하면 극히 소규모이지만 녀석들이 하는 짓은 거의 위험 등급 1급에 달할 만큼 위험했으니 어쩔 수 없었다.

"우리의 신은 언제나 우리와 함께할 것이다!"

쿵쿵쿵!!

간단하게 몇 마디 하고 나자 리더가 내려오더니 먼저 앞장을 서기 시작했다.

그리고 그런 리더의 옆으로 검은 두건으로 눈마저 보이지 않을 만큼 꼼꼼히 둘러싼 열 명의 사람이 다가왔다.

[오리하르콘이 확실하겠지?]

뭔가 머릿속으로 울리는 듯한 목소리가 리더에게 들리자 리더는 확신에 찬 눈빛으로 고개를 끄덕였다.

"이미 오리하르콘 탐지기로 확인했습니다. 큰돈을 들여 만든 것이고 몇 번이나 테스트를 했으니 확실합니다.”

[크크크, 그래, 그럼 우리가 도와주마.]

“큰 힘이 될 것입니다.”

그렇게 500명이 넘는 백련교 녀석이 조금씩 오리하르콘을 중심으로 원형으로 둘러싸기 시작했다.

“……!”

현중을 제외한 사람 중 베이스퍼가 가장 먼저 이상한 느낌에 고개를 들어 주변을 둘러보더니 현중에게 빠르게 다가왔다.

“혹시……?”

“미끼를 물었습니다.”

현중이 별다른 말 없이 이 말만 하고 씨익 웃자 베이스퍼도 같이 웃고는 곧장 다른 마스터들에게 다가갔다.

“미끼를 물었다.”

베이스퍼가 한마디 하자 다들 기다렸다는 듯 손에 들고 있던 삽과 공구를 미련없이 던져 버리고는 각자 무기를 집어 들어 슬쩍 등 뒤로 감췄다.

그리고 현중은 레이스와 메로우를 데리고 오리하르콘이 있는 곳으로 갔다.

지금 가장 안전한 곳이 바로 오리하르콘이 있는 곳이기도 했지만 그것보다 오리하르콘의 특성 때문에라도 이곳에 자리 잡은 것이다.

오리하르콘은 신의 금속으로도 불리지만 다른 이름으로는 마법의 금속이라고도 한다.

특히 마법사들이 마법을 시전할 때 마나석보다 더 좋아하는 게 바로 오리하르콘이었다.

마법 전도율이 그 어떤 금속보다 높고 빠르면서도 마나의 소실이 적은 특징 때문에 마법사들은 오리하르콘이라면 눈에 불을 켜고 달려들기도 했다.

워낙 귀해서 실제로 오리하르콘으로 마법 지팡이를 만드는 마법사는 극히 일부분에 불과했다.

하지만 지금 현중이 서 있는 이곳은 엄청난 오리하르콘이 있는 곳이다.

그리고 미리 미끼를 던진 현중이 마냥 기다렸을까? 결코 아니었다.

"자, 그럼 어디 시작해 볼까?"

현중이 오리하르콘의 곁에서 마나를 끌어 올리자,

펄럭!!

이제는 거의 현중의 트레이드마크처럼 되어버린 마나의 날개가 펄럭이면서 모습을 드러냈다.

그리고 그와 동시에 오리하르콘을 중심으로 푸른빛의 마나가 빠르게 땅 위로 지나가면서 일정하게 도형과 문양을 그리기 시작하는데 그 크기가 상상을 초월했다.

"반경… 2㎞ 마법진이다!"

현중은 애초에 확실하게 녀석들을 잡기 위해서 오리하르콘을 중심으로, 원형으로 2㎞ 크기의 마법진을 미리 심어놓았다. 발동만 하면 되도록 준비하고 있었던 것이다.

현중이 준비한 마법진은 바로 실드였다.

일반적으로 외부의 공격이나 충격에 방어를 하는 실드가 아니라 전혀 반대의 의미를 가진 실드로, 외부에서는 얼마든지 들어올 수 있지만 한번 들어오면 절대로 나갈 수 없는 실드인 것이다.

"테른!"

현중은 마법진을 활성화시키자 바로 테른을 불렀고, 테른은 모습을 드러내자마자,

—링크!!

능숙하게 현중이 만든 마법진을 넘겨받았다.

—베리어.

넘겨받자마자 테른은 바로 실드의 막을 형성시키는 주문을 외웠다.

처음에 갑자기 뭔가 스치는 느낌이 들었던 백련교 녀석들도 걸리는 것이 없자 별 의심 없이 실드 안으로 들어왔다.

사실 고고학자 몇 명뿐이라고 알고 있기에 500명이 넘는 그들에게 아무런 문제가 되지 않는다는 자만심이 어느 정도 작용했으리라.

다다닥!! 다다닥!!

500명이 넘는 인원이 동시에 사방에서 몰아쳐 오는 모습은 장관이었다.

거기다 하나같이 자동소총으로 무장하고 있었기에 더욱 그 기세는 무서웠다.

하지만 녀석들이 그러거나 말거나 마스터들은 미리 약속한 대로 오리하르콘을 중심으로 흩어지더니 각자 동서남북을 기준으로 자리 잡고 섰다.

"와~!! 와~!! 와~!!"

사방에서 수백 명이 외치는 고함과 발소리에 귀가 따가울 정도였지만 이미 레이스와 메로우는 현중이 만든 앱솔루트 실드 안에 있었고 다른 이들에게는 길 가는 날파리가 귀찮게 하는 정도였다.

그렇게 마지막 한 명까지 실드 안으로 들어온 것을 확인하자,

―봉쇄!!

바로 실드를 고정화시켜서 완전히 투명한 막으로 감싸 버렸다.

이제 테른이 실드를 해제하지 않는 한 그 누구도 이곳에서 벗어날 수 없을 것이고, 그 말은 마스터들에게는 쇼 타임이 시작되는 신호탄이었다.

"하합!!"

가장 먼저 동쪽에 있던 베이스퍼가 온몸에 마나를 활성화하더니 그대로 활에서 쏘아진 화살처럼 자동소총으로 위협하는 무리 중간으로 뛰어들었다.

스경!

푸악!!

털썩털썩!

베이스퍼는 뛰어들면서 착지도 하기 전에 발검해서 정면의 네 명을 소총과 같이 베어버리고는 사뿐히 땅에 내려섰다.

"쓰레기들."

사람을 제물로 마족을 소환하는 녀석들은 이미 인간이 아니었다.

쓰레기라는 말도 그들에게는 오히려 과분했다.

"합!!"

베이스퍼는 아예 작정이라도 한 듯 온몸의 마나를 폭발적으로 활성화시켰고, 그때부터 백련교 녀석들에게는 지옥이 시작되었다.

스걱!

털썩!

뭐가 어떻게 된 건지 느낄 사이도 없이 허공에 동료의 목이 떠다니고 있고, 목을 벨 때 아주 잠깐 베이스퍼의 모습이 보였을 뿐이다.

하지만 그것도 아주 잠깐이었을 뿐 다시 사라졌다 나타나면서 자동소총으로 무장한 녀석들을 가지고 놀기 시작했다.

거기다 베이스퍼는 너무나 영리하게 녀석들의 가장 중심으로 파고들었는데 그 이유는 바로 자동소총을 아예 무력화시키기 위해서였다.

같은 편이 대부분이고 적이 혼자인 상황에서 만약에 총을 쏘게 되면 아군이 맞을 확률이 거의 99%다.

특히 지금의 베이스퍼처럼 바람처럼 움직이면서 목을 베어버리는 능력자라면 총을 쏘는 순간 무조건 같은 동료가 맞는다.

그러다 보니 자동소총이 오히려 애물단지로 전락해 버렸다.

확실히 실전 경험이 많은 베이스퍼답게 혼자 싸울 때 어떻게 하는 게 가장 유리하고 확실한 전술인지 몸으로 알고 있는 것이다.

반면 베이스퍼와 반대편인 서쪽에 자리 잡고 있던 백호연은,

쾅쾅!!

양 주먹을 맞부딪치면서 기합을 넣더니,

"끄아아악!!"

기합이 아닌 비명에 가까운 고함을 지르면서 온몸의 마나를 활성화시키기 시작했다.

그런데 특이한 것은 권갑과 견갑이 자리 잡은 주먹과 어깨에 마나가 특히 많이 뭉치는 특징이 있었다.

"간다!!"

그리고 곧바로 녀석들이 있는 곳으로 달려든 백호연은 녀석들의 정면을 향해서 무작정 돌진했다.

베이스퍼처럼 적의 중심에 뛰어들어 자동소총을 무력화시키는 전술을 모르는 건지 아니면 자신만의 전술이 있는지 모르지만 언뜻 보기에는 '그냥 총을 쏴주세요' 하고 달려드는 꼴로 보였다.

"쏴버려!!"

백련교 녀석들도 그런 백호연의 모습에 코웃음을 치면서 일제히 자동소총을 조준하더니,

타타타타타타타타타!!

타타타타타타타타타타타타!!

거의 폭격 수준으로 자동소총이 불을 뿜었고, 수백 발의 총알이 백호연을 향해 집중적으로 쏟아졌다.

　그런데 그런 모습에도 백호연은 속도를 늦추기는커녕 오히려 발놀림을 더욱 빠르게 하더니 자신의 권갑의 팔뚝 부분을 11자로 세우고는,

　쾅!!

　서로 강하게 부딪쳤다.

　촤라라라락!!

　그러자 놀랍게도 백호연의 권갑의 팔뚝 부분에서 날개같이 철편이 튀어나오더니 완벽하게 백호연의 정면을 보호하듯 둘러싸 버렸다.

　팅팅팅팅!!

　백호연이 워낙 빠르게 움직이기에 실제로 맞는 건 그리 많진 않았지만 정작 백호연을 향해 정확하게 날아온 총알도 권갑과 권갑의 팔뚝에서 튀어나온 철편에 막혀 허무하게 튕겨져 나가 버렸다.

　"미친놈!!"

　자동소총을 거의 폭격 수준으로 쏘고 있지만 백호연을 막지 못하자 당황한 건 백련교 녀석들이었다.

　아직 지금 자신들이 상대하는 게 누군지 알 리 없는 백련교 녀석들은 지금 이 상황에 당황해하면서도 사격을 멈출 수가 없었다.

　그렇게 거의 녀석들에게 다가갔을 때,

"타합!!"

갑자기 달려오던 그대로 있는 힘껏 하늘로 뛰어오른 백호연은 자신을 보호해 주던 권갑의 철편을 풀어버리고는 온몸을 그대로 실어 땅바닥을 양 주먹으로 강하게 내리찍었다.

쾅!!

마치 수류탄이 터진 듯 엄청난 굉음과 함께 사방으로 흙먼지와 자갈이 퍼졌다.

단 한 번의 공격으로 백호연이 있는 곳에서 부채꼴 모양으로 전방 5m까지는 완전 초토화되어 버렸다.

"말… 말도 안 돼… 이건……."

이건 말도 안 되는 것이었다.

지금 자신들에게 일어난 일을 믿을 수 없다는 듯 덜덜 떨리는 손으로 다시 자동소총을 집어 들던 백련교 녀석 중 하나가 백호연을 겨누었지만 총끝이 심하게 흔들리고 있었다.

그러다 순간 고개를 슬쩍 돌린 백호연의 눈과 마주쳤다.

움찔!

온몸이 마비되는 듯한 엄청난 살기에 녀석은 방아쇠 하나 당길 수 없을 만큼 몸이 굳어버렸다.

그런 녀석의 눈에는 다시 하늘을 향해 높이 점프하는 백호연의 모습이 보였다.

마치 슬로우 모션처럼 백호연이 천천히 자신과 가까워지는 것을 눈으로 보고 있는 것이다.

콰앙!!

또다시 수류탄이 터진 것 같은 굉음이 울렸고, 이번에도 백호연의 전방은 초토화됐다.

데구르르르.

너무나 강한 충격에 몸은 잘게 찢겨 사방으로 사라져 버리고, 머리만 남아 굴러다니던 백련교 녀석의 눈에는 무심하게 자신을 바라보는 백호연의 눈빛만 남아 있었다.

"요란하군."

현중은 깨끗하면서도 안정적으로 처리하고 있는 베이스퍼와 달리 수류탄을 몇 개나 터뜨리는 듯 화려한 백호연의 모습에 웃으면서도 만족하고 있었다.

사실 백호연의 지금 공격은 처음부터 사용하던 기술이 아니었다.

현중이 보여준 암경과 자신의 주먹으로 할 수 있는 공격의 최대한의 능력치를 찾다가 우연히 찾아낸 것이 바로 지금 쓰고 있는 기술이다.

"하아!! 공!! 폭!!"

기술명도 참 단순한 것이 공폭이었다.

공(攻:치다)과 폭(爆:터지다)의 뜻을 합친 것으로 말 그대로 쳐서 터뜨리는 기술이었다.

처음에 백호연이 마나를 활성화시킬 때 어깨와 주먹에 이상하리만큼 마나가 집중된 것도 모두 다 이 기술을 사용하기 위해서였다.

주먹에 마나를 집중시킨 것은 최대한 마나를 사용해서 폭발력을 극대화하기 위해서였고, 어깨에 마나를 집중시킨 것은 땅을 내려찍으면서 터뜨리는 폭발력을 어깨에서 흡수해 버리기 위해서였다.

나름 굉장한 기술을 만들어낸 것이다.

현중의 암경처럼 고급 기술은 사용할 수 없지만 주먹에 마나를 모았다가 지면을 내려찍는 순간 마나를 폭발시키는 것은 충분히 가능했던 백호연이 다수를 상대로 하기 위해서 고안해 낸 것으로, 스스로도 호쾌하고 화끈한 결과에 만족하고 있었다.

거기다 현중이 인챈트해 준 덕분에 오히려 폭발력이 자신의 예상보다 몇 배나 크게 나타나고 있었다.

한편 이렇게 두 사람이 화려하게 활동하는 이때 카이쇼 무사시는 그제야 자신의 사거리에 들어온 녀석들을 보면서 허리를 살짝 숙이더니 검에 손을 얹은 채 빠르게 달리기 시작했다.

다다다다다다다다다!!

얼핏 보면 땅을 미끄러지는 듯 보였다.

그만큼 상체의 움직임 없이 발만 놀려서 빠르게 뛰어가는 카이쇼 무사시는 눈으로 백련교 녀석들이 확인되자 마나를 활성화시키기 시작했다.

온몸의 세포 하나하나가 깨어나는 듯한 느낌에 눈빛이 확연하게 바뀐 카이쇼 무사시는 그대로 일직선으로 달렸다.

하지만 백련교 녀석들 역시 대놓고 달려드는 카이쇼 무사시를 그냥 두고 볼 리 없었다.

백호연과 같이 일제히 자동소총이 카이쇼 무사시를 향해 불을 뿜었다.

타타타타타타타타타타!!

소나기가 쏟아지듯 총알이 쏟아지자 갑자기 카이쇼 무사시의 움직임이 변했다.

카이쇼 무사시는 베이스퍼와 같이 단번에 적진의 중심으로 뛰어들 만큼의 도약력이 없었다.

하지만 일본의 검도를 익히면서 배운 보법만큼은 누구보다 자신있는지 뛰어가면서 방향을 바꾸어 쏟아지는 총알을 피해내기 시작했다.

"젠장!! 모두 일제 사격!!"

처음엔 앞쪽의 녀석들만 쏘면 충분할 것이라고 생각했다

가 카이쇼 무사시가 너무나 쉽게 피해 버리자 결국 뒤쪽의 녀
석들도 달려들던 걸음을 멈추고 일제 사격을 시작했다.

팟!

아직 진정한 마스터에 오른 지 얼마 되지 않아 그런지 옷자
락이 스치는 총알에 거의 넝마가 되고 있었다.

하지만 아직 몸에 맞은 총알은 단 한 발도 없었기에 카이쇼
무사시의 발걸음을 잡을 수는 없었다.

그때,

"흡!!"

순간 미처 확인하지 못한 총알이 자신의 얼굴을 향해 날아
오는 것을 알아챈 카이쇼 무사시는 지체없이 검을 뽑았다.

스르렁!!

피하지도 않고 총알을 향해 검을 뽑은 카이쇼 무사시의 검
과 총알이 부딪치는 순간,

끼끼끼기이이익!!

날카로운 쇳소리가 들렸고,

스경!

카이쇼 무사시의 검은 깨끗하게 호선을 그리면서 총알을
반으로 쪼개 버렸다.

휙! 스경!

뽑기 전에는 보법으로 총알을 피했던 카이쇼 무사시는 일

단 검을 뽑자 더 이상 총알을 피하지 않았다.

대신 검을 휘둘러 자신에게 날아오는 총알을 모조리 베어 버리기 시작했다.

팅팅팅!!

마치 전설에 나오는 검으로 막을 친 듯 수백 발의 총알이 쏟아졌지만 단 한 발도 카이쇼 무사시의 검막을 뚫을 수가 없었다.

"괴… 물!!"

백련교 녀석들도 상황이 이렇게 되자 겁을 먹기 시작했다.

이건 인간이 아니었다. 어떻게 인간이 총알을 벤단 말인가.

그것도 한두 발이 아니고 쏟아지는 수백 발의 총알을 말이다.

꿈이라도 믿기 힘든 상황이다.

하지만 지금 그 꿈같은 상황이 자신들 눈앞에 벌어지고 있었다.

그리고 그렇게 달려오던 카이쇼 무시사가 백련교 녀석들 코앞까지 다가왔을 때,

사각!!

사각! 사각! 사각!

마치 지금까지 자신에게 총 쏜 것에 대한 분풀이라도 하듯

카이쇼 무사시의 검은 거침이 없었다.

　카이쇼 무사시의 검이 한 번 움직일 때마다 바닥에는 목이 없는 몸뚱이가 늘어갔다.

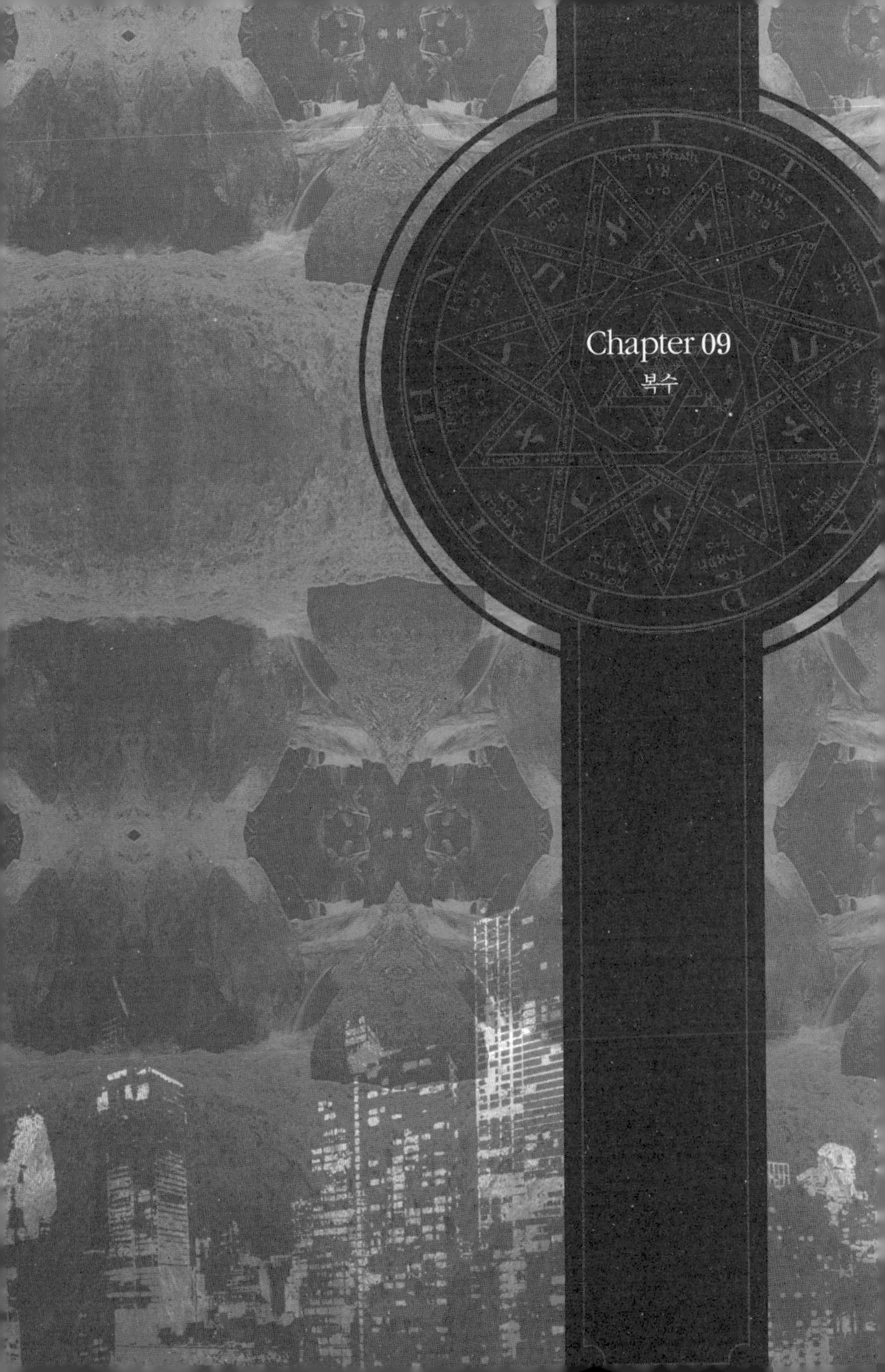

Chapter 09
복수

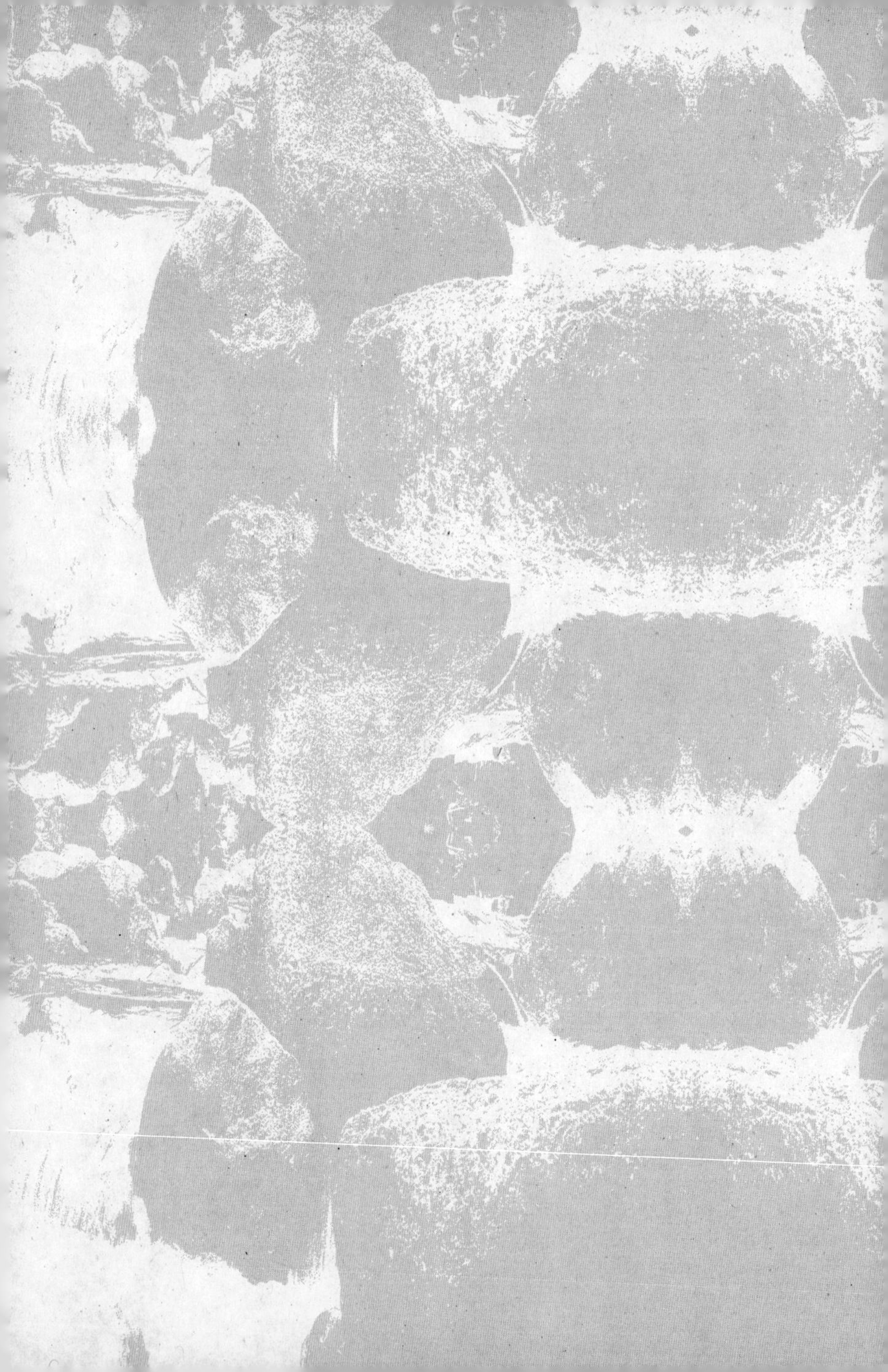

"숫자가 너무 적어."

다들 이미 각자 위치에서 백력교 녀석들을 처리하고 있는 와중에 아직까지 오리하르콘 부근에 남아 있는 녀석이 있었으니, 바로 알렉산드로였다.

그런데 뭐가 불만인지 자신을 향해 달려오는 백련교 녀석들을 보고는 한숨을 쉬는 게 아닌가?

거기다 이상하게 아직도 알렉산드로의 사정거리에 오지 못한 백련교 녀석들이다.

"숫자도 적은데 느리기까지…… . 자리 잘못 잡았군."

어떻게 보면 이런 전투 상황은 이곳의 그 누구보다 알렉산드로에게 유리했고 또한 경험이 많았다.

말 그대로 전문가인 것이다.

하지만 자리를 잘못 잡았는지 운이 없는 건지 알렉산드로를 향해 달려드는 녀석들은 그 숫자도 적고 느리기까지 했다.

하지만 이미 벌써 미친 듯 날뛰고 있는 다른 마스터들에게 밀리는 것이 싫었던 알렉산드로는 결국 자신의 양손에 들고 있던 대검을 허리에 집어넣더니 권총을 꺼냈다.

현중이 인챈트를 해준 권총이다.

끼릭!

철컥!!

그런데 이상하게 알렉산드로는 권총에서 탄창을 빼버리는 게 아닌가?

그리고 탄창이 없는 권총을 다시 잡아당겨 장전하기까지 했다.

"아, 좀 화려하고 멋지게 보여주고 싶었는데……."

뭐가 그렇게 아쉬운지 알렉산드로는 탄창이 없는 권총을 그대로 들고 뛰어 내려가기 시작했다.

그리고 그대로 가장 가까이 다가오고 있는 백련교 녀석을 향해 겨누더니,

끼릭!

방아쇠를 당겼다.

그런데,

탕!!

놀랍게도 탄창도 없는 권총에서 총성이 울렸고, 알랙산드로가 겨누었던 백련교의 녀석이 갑자기 머리를 뒤로 젖히면서 그대로 쓰러져 버렸다.

"후, 젠장! 생각보다 포스가 많이 드네."

놀랍게도 지금 알렉산드로는 탄창이 없는 빈 총으로 적을 쏴 죽인 것이다.

거기다 지금 거리는 자동소총으로도 명중하기 힘든 거리다.

그런데 알렉산드로는 너무나 가볍게 권총으로, 그것도 정확하게 이마를 맞춰 버렸다.

그리고 또다시 울린 총성.

탕!

털썩!!

알렉산드로의 빈 총에서 총성이 울릴 때마다 백련교 녀석들은 허무하게 쓰러져만 갔다.

간간이 자동소총으로 알렉산드로를 향해 쏘아대는 녀석이 있지만 그가 누구인가?

전투라면 그 누구보다 경험이 풍부한 전문가가 아닌가.

별것 아닌 것처럼 몇 번 몸을 숙였다 다시 일어서기를 반복하면서 마치 어린애를 데리고 장난치듯 권총으로 하나씩 처리하고 있었다.

사실 지금 이 기술은 알렉산드로가 고심에 고심을 거듭해서 만든 기술로, 마나를 탄환으로 쏘는 것이었다.

처음에 자신만의 특별한 기술이 필요했던 알렉산드로는 고민 끝에 숲 속으로 들어갔다.

하지만 역시나 별다른 진전이 없었다.

거기다 대검은 그 특성상 몇 번이고 사용이 가능하지만 총은 총알이 떨어지면 완전 무용지물이 되는 것이다.

제 딴에는 나름 총알을 제법 챙겨갔지만 이리저리 연습량이 많았기에 거의 하루 만에 바닥나 버렸다.

"젠장! 이게 뭐야!"

바보같이 권총을 탁자에 올렸던 자신에게 화가 나기도 했지만 이제 와서 물릴 수도 없었기에 짜증만 계속될 뿐이었다.

그러다 보니 자연스럽게 대검을 사용한 대검술을 더욱 가다듬는 데 집중하게 되었다.

하지만 이미 스페츠나츠 시절에도 대검술은 그 누구도 따라올 수 없을 만큼 완성도를 자랑하고 있던 알렉산드로에게 더 이상의 대검술 수련은 의미가 없었다.

거기다 대검의 치명적인 약점이자 장점이기도 했던 짧은
길이 때문에 결국 한계에 부딪쳐 버렸다.

"아, 뭔가 안 풀린다, 정말."

마스터가 되면 뭐하는가?

자신의 주 기술은 치명적인 약점이 있는데 말이다.

물론 접근전에서 대검도 다른 마스터들의 무기에 버금가
는 위력을 발휘하기는 했다.

진정한 마스터에 오른 알렉산드로는 대검 두 자루면 총알
이 쏟아져도 충분히 막을 자신이 있었다.

하지만 뭔가 다른 것을 원했다.

특히나 군인의 특성상 사격술을 대검술보다 더욱 월등히
잘했던 알렉산드로는 도저히 인챈트된 권총을 버릴 수가 없
었다.

권총은 현재 다른 마스터들과 달리 원거리 공격이 가능한
무기였기 때문이다.

하지만 고질적인 약점이 있으니 바로 총알이었다.

총은 총알이 떨어지면 그야말로 고물로 전락하기 쉬운 무
기이기도 했고, 그걸 군인인 알렉산드로가 모를 리가 없었다.

끼릭!

철컥!

탄창이 비어버린 빈총을 들고 방아쇠를 아무리 당겨봐야

빈 공간을 때리는 소리만 들릴 뿐이다.

"총알을 등에 지고 다녀야 하나."

도저히 권총을 포기할 수 없었던 알렉산드로는 총알을 배낭에 지고 다닐까 하는 생각까지 했지만 왠지 그건 폼도 안 날 뿐더러 마스터에 오른 자신이 봐도 없어 보였기에 결국 포기해 버렸다.

어쩌다 보니 인챈트된 권총이 알렉산드로에게는 계륵과 같은 존재가 되어버렸고, 버릴 수도 없고 그렇다고 쓰기에는 너무 불편하고 제약이 많은 어중간한 무기가 되자 결국 고민하기 시작했다.

"천천히 생각하자, 천천히."

알렉산드로는 곤경에 빠질수록 냉정해야 한다는 것을 기억해 내고는 우선 마스터의 능력부터 하나씩 점검하기 시작했다.

"흡!!"

마나를 활성화해서 대검에 흘려보내자 마치 살아 있는 듯 마나가 스스로 뭉치더니 대검의 길이가 거의 두 배나 길어지는 것을 확인한 알렉산드로는,

"이게 오러 블레이드인가? 마스터의 증거라는."

마스터라면 누구나 가지고 있고 사용할 수 있다는 오러 블레이드를 아무렇지 않게 대검에 만들어내는 것을 보면 확실

히 알렉산드로는 마스터가 맞았다.

거기다 대검술은 거의 따를 자가 없을 만큼 능숙하기까지 했다.

어떻게 보면 알렉산드로의 주 무기는 바로 대검술일 것이다.

하지만 알렉산드로는 대검술보다는 사격술에 더욱 애착이 많다는 게 문제였다.

거기다 군인의 특성상 대검은 위급할 때 사용하는 보조 무기의 성격이 강했고 주 무기는 아무래도 총기류가 될 수밖에 없었으며, 지금까지 총을 자신의 분신으로 생각해 왔기에 더더욱 인챈트된 권총이 아쉬운 것이다.

"흠."

획!

아무 생각 없이 알렉산드로는 오러 블레이드를 머금은 대검을 던졌다.

대검술에서 가장 비중이 높은 게 바로 대검 던지기였기에 무심코 던진 것이다.

그런데 생각없이 던진 대검이 커다란 바위에,

쑤우욱!!

하고 부드럽게 박혀 들어가는 것을 보고는 화들짝 놀라서 자리에서 일어나 한걸음에 뛰어갔다.

쑤욱!

뽑을 때도 마찬가지로 부드럽게 뽑혔다. 다만 처음 던질 때는 거의 대검의 두 배에 달하는 길이를 보여주던 오러 블레이드가 지금은 대검을 조금 감싸고 있을 정도로 많이 약해진 것이 조금 달랐다.

그런데 자신의 손에 들고 있던 대검을 보던 알렉산드로의 머리에 순간적으로 번쩍하면서 떠오르는 아이디어가 있었다.

"대검에 머무를 수 있단 말이지. 그럼 총으로 쏘는 것도 가능하지 않을까?"

만약에 그때 옆에 베이스퍼나 다른 마스터가 있었다면 알렉산드로의 아이디어를 비웃었을 것이다.

통상적으로 오러 블레이드는 매개체가 필요하고 그것을 기준으로 형상을 만들기 때문이다.

그런데 마나를 총알처럼 쏜다는 것은 도무지 상식 밖의 일이었다.

특히나 알렉산드로는 총알도 필요 없는 것을 원했으니 말 그대로 마나를 총알처럼 뭉쳐서 쏘는 것을 원한다는 말인데, 이제 갓 마스터에 오른 알렉산드로가 그렇게 세밀하고 집중력이 필요한 마나의 조종할 수 있을 리가 없었다.

마이스터에 오른 베이스퍼마저도 겨우 검환을 만들어 날

릴 수 있을 경지인데 이제 마스터에 오른 알렉산드로는 원리로 보면 베이스펴가 만드는 검환과 비슷한 것을 하려고 하는 것이다.

그런데 아무것도 모르는 알렉산드로는 그 길로 곧바로 마나탄을 쏘는 것에 집중하기 시작했다.

별의별 짓을 다 해봤고, 안 해본 것이 없었다.

하지만 결코 쉬울 리가 없었다.

하늘은 노력하는 자를 위한다는 말이 사실인지 알렉산드로도 거의 포기할 무렵이었다.

"아, 젠장, 역시 안 되나."

손에 들고 있는 권총을 보면서 그냥 권총 안에 총알이 있다는 이미지를 생각했다. 총알이라면 눈을 감고도 똑같이 그릴 만큼 손으로 만지고 봐온 것이다.

거기다 총의 분해와 재조립은 스페츠나츠에게는 기본 중의 기본이기에 총알이 어디를 통해 발사되고 어떻게 작용하는지 잘 알고 있었다.

그렇게 너무나 간절히 원하는 마음으로 인챈트된 권총에 총알의 이미지를 강하게 떠올리면서 무심코 방아쇠를 당겼을 뿐이다.

탕!!

"……!!"

순간 스스로도 놀란 알렉산드로는 벌떡 일어섰다. 방금 자신의 빈 총에서 총성이 들린 것에 놀랐고, 두 번째로는 총알이 발사된 표적에 가보고는 다시 놀랐다.

"장난 아니군."

거의 성인 두 명이 껴안아야 될 만큼 두꺼운 나무가 정확하게 구멍이 뚫려 버린 것이다.

일반적으로 총알은 회전하면서 날아가기 때문에 총알에 맞으면 필연적으로 나선 형태로 흔적이 남게 되어 있다.

하지만 마나탄은 그런 물리적인 영향을 전혀 받지 않기 때문에 마치 총알 두께 정도의 무언가로 찔러서 구멍을 뚫은 듯 나무의 양쪽 구멍이 똑같은 크기였다.

거기다 마나탄의 장점이 또 있으니, 바로 회전을 하지 않고 공기의 저항을 받지 않는 것이다.

즉, 일직선으로 탄환이 날아가는 것으로 굳이 파도치듯 날아가는 총알의 범위를 고려하지 않고 쏴도 웬만하면 다 적중하는 장점이 있었다.

하지만 장점이 있는 만큼 단점도 있었으니,

"헉헉! 에고, 허리 빠지겠네."

처음에는 이미지화해서 마나탄을 쏠 수 있다는 것에 기뻤지만, 겨우 다섯 발을 쏘고 온몸에 힘이 빠져 버리는 경험을 하고는 원점으로 돌아갔다.

　그렇지만 이번에는 물리적인 총알이 아니라 마나를 사용한 마나탄이기에 요령껏 마나를 조절하기 시작했다.

　첫날에는 다섯 발 쏘고 몇 시간을 누워 있어야 했던 알렉산드로는 결국 백 발을 쏴도 어느 정도로 움직일 만큼 마나를 조절하는 것이 가능하도록 만들어 버렸다.

　무식하면 용감하다고 했던가?

　마나탄을 만들어 쏜다는 개념이 얼마나 대단한 건지 전혀 모르고 있던 알렉산드로였기에 가능한 도전이고 성공이기도 했다.

　탕!!

　그런 과정을 거쳐 탄생한 마나탄을 지금 유감없이 보여주면서 전방에 달려오는 녀석들을 그 어떤 마스터보다 편하게 처리하며 다가가던 알렉산드로는 갑자기 권총을 다시 허리에 집어넣고 대검을 꺼냈다.

　치리리리링!!

　양손에 대검을 서로 교차하면서 한번 긁어보던 알렉산드로는,

　"이대로는 너무 쉽단 말야."

　권총으로 처리하는 게 지겨워진 알렉산드로는 결국 대검을 쥐고 다른 마스터들과 같이 몸을 날려 뛰어들었다.

　물론 알렉산드로는 지그재그로 움직이면서 다른 마스터와 달리 측면에서 파고들어 적을 완전히 혼란에 빠뜨리는 방법을 사용했다.

　아무튼 그렇게 일제히 움직인 마스터들의 능력으로 인해 백련교의 500명이 넘는 인원은 10분도 채 되지 않는 시간에 전멸해 버렸다.

　"말도 안 돼."

　자동소총에 인원도 500명이 넘었다.

　하지만 상대는 겨우 네 명이 움직였을 뿐인데 어째서 자신들이 전멸했는지 리더는 믿을 수가 없었다.

　거기다 지금 자신 옆에 있는 녀석들은 지켜준다고 하더니 신도들이 다 죽을 때까지 꿈쩍도 하지 않고 있었다.

　"도와준다고 하지 않았습니까!!"

　리더는 결국 분노로 옆의 한 명의 멱살을 잡고 흔들었다.

　그 순간 번쩍거리면서,

　푸욱!!

　"쿨럭!"

　리더의 배를 뚫고 등의 척추 뼈까지 부숴 버리면서 삐져나온 것은 손톱이 마치 칼날과 같이 날카로운 시커먼 손이었다.

　[멍청한 놈들. 크크큭. 우리는 피를 원할 뿐이지.]

　그렇게 남아 있던 리더까지 죽어버리자 온몸을 감싸고 있

던 녀석들이 천천히 앞으로 걸어나오면서 두르고 있던 검은
천을 벗어 던졌다.

그러난 그 모습이 인간이 아니었다.

이마 양쪽에 뿔이 있고 엉덩이에는 꼬리까지 있었다.

열 명 모두 다 같은 모습이지만 몸의 색이 조금씩 달랐다.

무지개처럼 빨주노초파남보의 색을 가진 녀석도 있고, 그
외 흰색과 검은색, 그리고 회색을 가진 녀석까지 해서 모두
열 명이었다.

저벅저벅.

덥석!

천천히 걸어가던 녀석 중에 회색의 녀석이 방금 자신들이
죽여 버린 리더의 시체를 집어 들더니 입을 크게 벌려 목을
물어뜯었다.

와작!!

지이익!!

살이 찢어지는 소리가 징그럽게 울렸지만 녀석들은 오히
려 그런 소리에 미소 짓고 있었다.

[역시 언제 들어도 인간을 찢는 소리는 너무 좋군.]

[크크크크큭, 너무 오랜만에 인간을 봐서 흥분한 거 아냐?]

서로가 서로를 너무 잘 알고 있는 듯 편안하게 이야기하면
서 조금씩 현중이 있는 오리하르콘 쪽으로 걸어오는 녀석들

에게는 긴장감이라고는 찾아볼 수가 없었다.

그런 녀석들이 천천히 다가오는 것을 바라보고 있는 현중 또한 긴장감이 없기는 마찬가지였다.

하지만 지금 다가오는 무지개 색깔의 녀석들과는 전혀 다른 종류의 여유였다.

"서열 마족이군."

현중은 단번에 그들을 알아보고 심드렁하게 한마디 했다.

색으로 짐작컨대, 그들은 마계의 서열 마족이었다.

사실 서열 마족이 아니라 마왕이 와도 현중에게는 별것 아니었으니 저깟 서열 마족에 긴장한다는 것 자체가 애초에 불가능했다.

지금이라도 테른이 움직이면 저것들을 갈기갈기 찢어버릴 테니 말이다.

"마족? 오호!"

그런데 가장 먼저 처리하고 와서 쉬고 있던 베이스퍼는 지금 형형색색의 색깔을 가지고 다가오는 녀석들이 마족이라는 말을 듣자 천천히 자리에서 일어섰다.

그런 모습을 바라보던 현중은,

"나가실 생각이십니까?"

라고 물어보자 베이스퍼는 자신의 검을 강하게 움켜쥐고서는,

"빚지고는 못 사는 성격이네."

이미 한번 마족에게 당한 경험이 있기에 이번에 확실하게 처리하겠다고 다짐한 모양이다. 현중이 말려도 소용없다는 듯 강하게 눈빛을 보냈다.

물론 현중은 굳이 말릴 생각이 없었다.

하지만 경고는 해줘야 했다.

"서열 마족입니다. 저번에 만난 아귀와는 차원이 다릅니다."

나름 현중으로서는 경고의 의미를 가지고 말했지만 베이스퍼는 웃고 있었다.

"강하면 더 좋지. 저번 녀석은 처리했으니 말야."

그리고 저번에는 아무리 베어도 베어도 재생하는 지옥 같은 마족의 육체 때문에 고생했을 뿐이지 실제로 베이스퍼가 아귀에 밀리지는 않았다.

오히려 수십 차례나 아귀의 목과 팔, 다리를 베어버렸을 만큼 압도적으로 우세했다.

"그보다 현중 군."

"네."

"이 검, 마족에게 확실하겠지?"

"베어보시면 압니다."

씨익~

현중이 말을 끝내고 설명 대신 미소를 보이자 베이스퍼도 씨익 웃고는 그대로 걸어 나갔다.

"어라? 어르신, 어디 가는 겁니까?"

백호연이 뒤늦게 달려왔는데 자신을 지나쳐 걸어 나가는 베이스퍼의 모습에 슬쩍 물었다.

"빚 갚으러 가네!"

그리고는 계속 걸어가 버렸다.

"빚?"

무슨 말인지 영문을 모르는 백호연이 현중을 바라보자 현중은 대답 대신 웃기만 했다.

"나 참! 어라? 저건 또 뭐야?"

뒤늦게 베이스퍼의 맞은편에서 걸어오는 조금은 특이한, 아니, 머리에 뿔 달린 너무나 이상한 녀석들을 발견했다.

그런데 이미 마족을 경험했던 백호연이라 그런지 단번에 눈치채고는,

"마족!!"

짧게 외치면서 현중을 바라보자,

"네, 마족입니다. 그것도 서열 마족으로 나름 센 편이죠."

"그럼 나도 간다!!"

백호연도 자신이 무력하게 당했던 기억 때문인지 곧장 베이스퍼의 뒤를 따라 움직이려고 했다.

"지금 가시면 베이스퍼한테 한소리 들을 겁니다!"

"웅? 그게 무슨……. 설마… 어르신이 혼자서 열 마리를 상대하려고?"

현중이 말리자 백호연은 설마 하는 생각으로 물어봤지만 현중은 고개만 끄덕였다.

"안 돼. 어르신이 아무리 강해도 열 마리는 무리야."

백호연은 마족이 어떤 녀석들인지 알고 있기에 다시 베이스퍼의 뒤를 따라가려고 했지만 어느새 현중이 백호연의 앞을 막았다.

"왜 막는 겐가?!"

끝까지 현중이 막아서자 백호연은 신경질적으로 화를 냈다.

그래도 현중은 끝까지 백호연을 잡고는 억지로 끌고 와 앉혔다.

"젠장."

힘으로는 도저히 현중을 이길 수 없는 백호연은 강제로 막히자 분이 안 풀린 듯 현중을 향해 무섭게 노려보기까지 했다.

"베이스퍼에게 맡기세요."

"도대체 왜?"

자기도 마족에게 감정이 충분했다. 그런데 베이스퍼는 되

고 왜 자신은 안 되는지 억울해서 물어보자 현중은 조용히 백호연을 바라보더니,

"죽은 제자들의 넋을 기리기 위한 싸움입니다."

"……"

현중의 말에 백호연은 끓어오르던 분노가 거짓말처럼 사그라졌다.

"쳇, 그런 이유라면 어르신께 양보해야겠구만."

복수는 남에게 맡기지 않는다. 그건 무도인의 기본 규칙이었다.

특히나 제자의 복수는 스승이 꼭 해야 하고, 스승의 복수는 제자가 해야 하는 것이 규칙이었다.

그걸 잘 아는 백호연은 단번에 납득했다.

아마 자신도 사랑하는 제자가 마족에게 죽었다면 지구 끝까지라도 쫓아가서 복수했을 테니 말이다.

[인간, 건방진데그래?

감히 자신들의 앞길을 막아선 베이스퍼의 모습에 기분 상한 듯 붉은색의 마족이 앞으로 나서서 베이스퍼를 향해 비아냥거렸다.

"서열 마족이냐?"

베이스퍼는 그런 비아냥거림에는 아랑곳하지 않고 하나하

나를 살펴보면서 물었다.

　[어라? 지구의 인간이 어떻게 우리가 서열 마족인 줄 알지? 지구에는 마족을 아는 인간이 없을 텐데?]

　오히려 마족들이 베이스퍼가 자신들이 서열 마족임을 아는 것을 놀라워했다.

　"그럼 또 묻는다. 미국에서 움직인 녀석이 누구냐?"

　[미국? 미국이라……. 아, 너 아니야?]

　붉은색 녀석이 노란색 녀석을 지목하자,

　[이렇게 같이 했지.]

　라고 하면서 바로 옆에 검은색 녀석의 어깨에 팔을 올렸다.

　그 순간,

　파악!!

　베이스퍼의 몸에서 마나가 폭발적으로 터져 나왔다. 그런 베이스퍼의 모습에 갑자기 마족들이 놀라기 시작했다.

　[뭐야, 이 인간? 마나를 다루네?]

　[강하다!]

　전투 종족답게 베이스퍼의 몸에서 폭발적으로 뿜어져 나오는 마나의 느낌만으로도 강하다는 것을 직감했는지 싱글거리면서 비아냥거리는 모습은 거짓말처럼 사라졌다.

　그런데 베이스퍼는 가장 앞에 나선 붉은색 녀석은 아예 관심도 없는지 노란색 녀석과 검은색 녀석만 쳐다보고 있었다.

[어이, 인간!]

붉은색 녀석의 부름에 슬쩍 눈동자만 잠시 돌린 베이스퍼
는,

"저 두 놈에게 볼일이 있다."

[뭐? 크크크큭, 볼일? 크크크크크큭, 웃기고 있네.]

스팟!

붉은색 녀석이 갑자기 웃다가 사라져 버렸다.

그와 동시에 베이스퍼의 몸이 흐릿해지더니 정확하게 세
발 뒤에 모습을 드러냈다. 조금 전 베이스퍼가 있던 곳에는
붉은색의 마족이 나타났다.

[어라? 인간, 빠른데?]

사실 붉은 녀석은 지금의 공격으로 확실하게 베이스퍼의
목을 잘라 버릴 수 있을 줄 알았다. 그런데 놀랍게도 베이스
퍼는 정확하게 붉은색 녀석의 공격권 바로 뒤로 물러났던 것
이다.

그것도 종이 한 장 차이로 아슬아슬하게 말이다.

"너한테는 볼일 없다."

베이스퍼는 여전히 노란색과 검은색 녀석만 쳐다보고 있
을 뿐이다.

그리고 그런 베이스퍼의 눈빛이 마음에 들지 않는 붉은 녀
석이었다. 이중에서 가장 강하다고 스스로 생각하고 있는데

하찮은 인간 주제에 지금 자신을 눈앞에 두고서도 아예 눈길
조차 주지 않는 것이다.

거기다 방금 자신의 공격을 너무나 쉽게 피해 버린 것도 마
음에 들지 않았다.

[짜증나, 짜증나. 정말 짜증나.]

갑자기 짜증나기 시작한 붉은 녀석은 같은 말을 계속 반복
하면서 중얼거리기 시작했다.

그와 동시에 붉은 녀석의 몸이 점점 더 붉어지더니 아예 모
든 것이 새빨갛게 변해 버렸다.

[인간, 짜증나게 마음에 안 들어.]

그 말과 동시에 붉은 녀석은 다시 사라져 버렸다.

하지만 이미 베이스퍼도 붉은 녀석의 모습이 심상치 않다
는 것을 느꼈는지 준비를 하고 있는 상태였다.

그리고 기다렸다는 듯 붉은 녀석이 사라지자 재빨리 검을
뽑아 들고서는 자신을 중심으로 땅에 동그랗게 원을 그렸다.

그가 조용히 검을 쥐고 멈춰 섰다.

조금 전에 피한 것과는 전혀 반대 행동이었다.

[저 인간, 뭐하는 거지?]

[몰라.]

베이스퍼의 행동은 그저 이들에게는 가벼운 흥밋거리 그
이상도 이하도 아니었던 것이다.

챙!!

갑자기 베이스퍼의 검이 옆으로 휘둘러지면서 강한 쇳소리가 울렸고,

[크윽!]

붉은 녀석이 자신의 손을 움켜쥐고서 고통스러운 듯 신음소리를 내고 있었다.

[인간!! 감히 내 몸에 상처를 입히다니!!]

뚝.

치이익!!

뚝.

치이익…….

붉은 녀석의 상처에서 붉은 피가 흘러 땅에 떨어지자 마치 염산이 떨어진 듯 연기와 함께 타들어가는 소리가 들렸다.

하지만 방금의 공격으로 베이스퍼의 눈빛이 완전히 바뀐 것을 붉은 녀석은 모르고 있었다.

'통하는군.'

원래 보통의 무기라면 당연히 바로 재생되어야 한다.

하지만 지금 붉은 녀석은 피가 흐르는데도 어떻게 하지 못하고 있고 자신의 상처가 재생되지 않는 것에 살짝 당황하고 있는 것처럼 보였다.

마족의 재생 능력까지 확실하게 막아버리자 베이스퍼의

눈빛이 날카롭게 변했다.

몸 안에 마나의 흐름도 살짝 가라앉으면서 방금 전 폭발하듯 뿜어져 나오던 마나가 거짓말처럼 잠잠해졌다.

[젠장!! 멈추질 않잖아!!]

자신이 상처를 입었다는 것도 짜증났지만 그 상처가 재생되지 않고 계속 피가 흐른다는 것이 더욱 짜증나게 만든 듯 붉은 녀석도 소리치기 시작했다

푸악!!

감정에 따라 그 힘이 좌우되는 마족의 특성상 붉은 녀석이 화를 내면 낼수록 오히려 마기는 더욱 강해졌다.

하지만 어찌 된 일인지 붉은 녀석의 손의 상처는 도무지 아물지를 않았다.

마치 누군가 상처를 잡고 벌리고 있는 것처럼 말이다.

[감히!! 감히!! 나에게 상처를!!]

살을 따갑게 할 만큼 엄청난 마기가 뿜어져 나오면서 다시 사라진 붉은 녀석과 달리 베이스퍼는 자신이 땅에 그린 원 안에서 조용히 서 있을 뿐이었다.

어떻게 보면 정말 무방비 상태이지만 지금 베이스퍼가 그린 원은 바로 검을 사용하는 자들 중 어느 정도 경지를 넘어서게 되면 가지게 되는 절대영역이었다.

크기는 비록 작을지 몰라도 이 원 안에서는 베이스퍼의 감

각을 벗어날 수 있는 것이 아무것도 없었다.

한마디로 최고의 방어 기술인 셈이다.

거기다 지금 붉은 녀석처럼 다혈질에 성격이 급한 녀석을 상대로는 최고의 선택이기도 했다.

[인간!!]

기다리던 베이스퍼의 귀에 붉은 녀석의 목소리가 들렸다.

그런데 동시에 뒤에서도 들리고, 앞에서도 들리고, 옆에서도 들리기 시작했다.

어떻게 한 건지 모르지만 붉은 녀석은 너무나 빠른 움직임으로 잔상을 이용해서 순식간에 베이스퍼를 둘러싸 버렸다.

[죽어!!]

그리고 동시에 날카로운 손톱을 세운 손을 찔러 넣었다.

여러 개의 손톱이 금방이라도 베이스퍼의 온몸을 찢어버릴 것 같은 순간 베이스퍼의 몸이 움직이더니 뒤쪽을 향해 한 치의 망설임도 없이 검을 휘둘렀다.

스걱!

뼈를 벤 듯한 둔탁한 소리가 들리고, 곧이어,

턱!

하면서 붉은 녀석의 목이 떨어져 바닥을 굴렀다.

[……!!]

[……!!]

한순간 베이스퍼가 붉은 녀석의 목을 베자 다른 녀석들은 놀라움에 잠시 할 말을 잃어버렸다.

설마 인간이 붉은 녀석을 죽일 수 있을 것이라고는 생각지도 못했던 것이다.

아니, 지구의 인간 중에 자신들을 죽일 수 있는 인간이 있을 리가 없었다.

마법도 없고 신성력도 없는 지구에서 마족을 죽일 수 있는 무기는 없어야 했다.

하지만 노란색의 녀석이 순간 베이스퍼의 검에 시선을 고정시키더니,

[성검……!!]

붉은 녀석의 목을 베고 카타나에 묻었던 마족의 피가 저절로 증발해서 사라지는 것을 확인하고는 소리쳤다.

[뭐? 성검? 어떻게?!]

분위기는 일순간 뒤집혀 버렸다.

[어째서 지구에 성검이 존재하는 거냐!! 너 인간, 성검을 어디서 구했냐?!]

아무리 마족이 강해도 상대가 성검을 가지고 있는 인간이라면 상황이 완전히 달라졌다.

"성검? 아, 그렇군. 이 검을 너희들은 성검이라고 부르나 보군."

베이스퍼는 확실하게 현중이 인첸트해 준 자신의 카나타가 마족을 상대로 절대적인 위력을 발휘하자 더 이상 두려울 것이 없었다.

조금 전까지 남아 있던 약간의 의심도 모두 사라진 것이다.

베이스퍼 정도 되는 강자가 아무런 의심 없이 집중하면 그 능력은 몇 배나 강해지는 게 당연한 수순이다. 그리고 성검을 들고 있는 것으로 확인되자 마족들은 술렁이기 시작했다.

[빌어먹을 인간! 감히 우릴 속이고 도발해서 형제를 죽이다니!]

노란 녀석은 성검을 존재를 알아채자마자 베이스퍼가 일부러 붉은 녀석을 도발하면서 자신들을 방심하게 만들었다고 멋대로 오해했다.

그러거나 말거나 베이스퍼는 상관없다는 듯 천천히 걸어서 자신이 그려놓은 원을 벗어났다.

더 이상 이 원이 필요치 않은 것이다.

"너, 그리고 너."

베이스퍼는 똑바로 노란 녀석과 검은 녀석을 바라보면서,

"몇 명이나 죽였지?"

[몇 명? 웃기는 인간이군. 그럼 넌 지금까지 네놈이 먹은 생선의 숫자를 기억하느냐? 아니면 지금까지 네놈이 먹은 고기의 숫자를 기억하느냐?]

노란 녀석의 말에 순간 베이스퍼는 한숨을 쉬면서,

"그래, 너희 마족들에게 우리 인간은 겨우 그 정도겠지. 즐기는 놀이, 가지고 노는 장난감. 그러다 심심하면 먹는 간식거리 말이야."

베이스퍼는 지금 이 순간 자신을 대신해서 아귀의 입에 뛰어들었던 제자의 얼굴을 잊을 수 없었다.

속수무책으로 당하고 있을 때 자신을 살리기 위해 몸으로 아귀의 입을 막았던 제자 말이다.

거기다 마리아 다음으로 아끼는 제자이기도 했다.

나중에 알게 되었지만 아귀는 바로 최하급 마족으로서 마족이라고 부르기도 하찮은 존재라고 했다.

아귀는 다른 상위 마족의 명령으로 움직인다고 들었다.

그리고 CIA를 거의 강제로 쳐들어가서 알아낸 바로는, 미국에서 활동한 마족이 머리에 뿔이 두 개가 달려 있고 꼬리가 달렸다는 것뿐이다.

CIA가 그렇게 현중과 베이스퍼를 테러 분자로 분류하고 지독하게 쫓았던 이유가 바로 이 때문이었다.

CIA에서도 극비 문서로 분류된 마족에 관한 정보를 베이스퍼가 몰래 들어가 빼냈기 때문에 기를 쓰고 베이스퍼를 잡으려 하는 것이다.

물론 거기에 몇 가지 더 CIA와 그레이 파든 미국 상원의원이 거품 물 만한 정보도 함께 빼냈다.

저벅저벅.

"그런데 이번에는 내가 좀 너희를 가지고 놀아야겠다."

오만하기까지 한 베이스퍼의 말에 마족들은 모두 분노했다.

츄악!!

남은 아홉 명의 마족 모두의 몸에서 마기가 뿜어져 나오더니 곧바로 베이스퍼를 둘러싸 버리는 것이다.

[인간, 건방져. 겨우 성검을 가지고 있다고. 웃기는군그래.]

성검은 확실히 마족에게 치명적인 무기였다.

찔리면 재생이 되지 않고 목을 베이면 그대로 죽음이었다. 그 외 다른 곳에 상처를 입어도 전투에서만큼은 치명적인 약점으로 작용할 만큼 무서운 무기였다.

하지만 그런 무기라도 맞지 않으면 아무런 소용이 없는 것이다.

그리고 지금 자신들은 아홉 명이고 상대는 혼자였다.

누가 봐도 마족인 자신들이 유리한 상황이 아닌가?

끼리릭.

촤라라락.

손톱끼리 부딪치는 소리라고는 할 수 없을 쇳소리가 베이스퍼의 주변에서 울렸다.

하지만 베이스퍼는 여전히 조용한 눈빛으로 주변을 살펴보더니,

턱!

들고 있던 카타나의 끝을 땅바닥으로 내리는 게 아닌가?

[인간, 포기한 거냐? 크헬헬헬헬헬!]

베이스퍼의 뒤쪽에 있던 보라색 마족이 통쾌한지 웃었다.

하지만 겉으로만 그렇게 웃을 뿐 절대로 붉은 녀석처럼 서두르거나 먼저 공격하지 않고 있었다.

스르렁!

보라색 마족이 비웃거나 말거나 베이스퍼는 땅바닥으로 내린 검끝을 천천히 다시 허리로 가져가 검집에 집어넣기까지 했다.

[죽여 달라고 소리치는구만.]

노란색 마족도 베이스퍼의 지금의 모습에 비아냥거리긴 했지만 눈빛은 베이스퍼의 뒤쪽 마족을 향해 무언가 신호를 보내고 있었다.

베이스퍼의 모습이 뭘 뜻하는지 노란색 마족은 알고 있는 것이다.

처음에 백련교 녀석들을 처리할 때 뛰어들면서 검이 보이지 않을 만큼 빠르게 뽑아 베어버리는 기술을 봤다.

그렇기에 노란색은 발도술의 약점이자 단점인 발도를 한

다음에 뒤쪽이 비어버리는 것을 본능적으로 알아채고 신호를
보낸 것이다.

자신이 발검을 하도록 유인할 테니 베이스퍼가 발검하는
순간 가차없이 목을 뜯어버리라고 말이다.

좌라락좌라락!

마족들은 일부러 베이스퍼의 신경에 거슬리도록 손톱을
부딪치면서 계속 소리를 냈다.

그리고 마족들은 노란 녀석을 중심으로 서로가 눈빛으로
뭔가 대화를 나누더니,

스윽~

노란 녀석이 슬그머니 베이스퍼의 정면으로 파고들었다.

슈캉!!

노란 녀석이 검의 사정거리에 들어오자 베이스퍼는 지체
없이 발검을 했고, 노란 녀석은 재빨리 뒤로 물러났다.

붉은 녀석에 비해 결코 스피드에서 떨어지지 않기에 자신
있게 유인한 것이다.

번쩍!

베이스퍼의 검이 발검되는 순간 뒤쪽의 녀석이 곧바로 달
려들었다.

[죽엇!!]

양손에 날카로운 손톱을 세우고 그대로 베이스퍼의 등을

향해 손만 뻗으면 따듯한 피비린내를 안겨줄 것을 믿어 의심치 않았다.

그런데 베이스퍼는 이미 알고 있기라도 한 듯 발검하는 순간 생긴 원심력에 그대로 몸을 맡기더니 보라색 녀석이 달려드는 것과 동시에 몸을 뒤로 돌렸다.

[······!!]

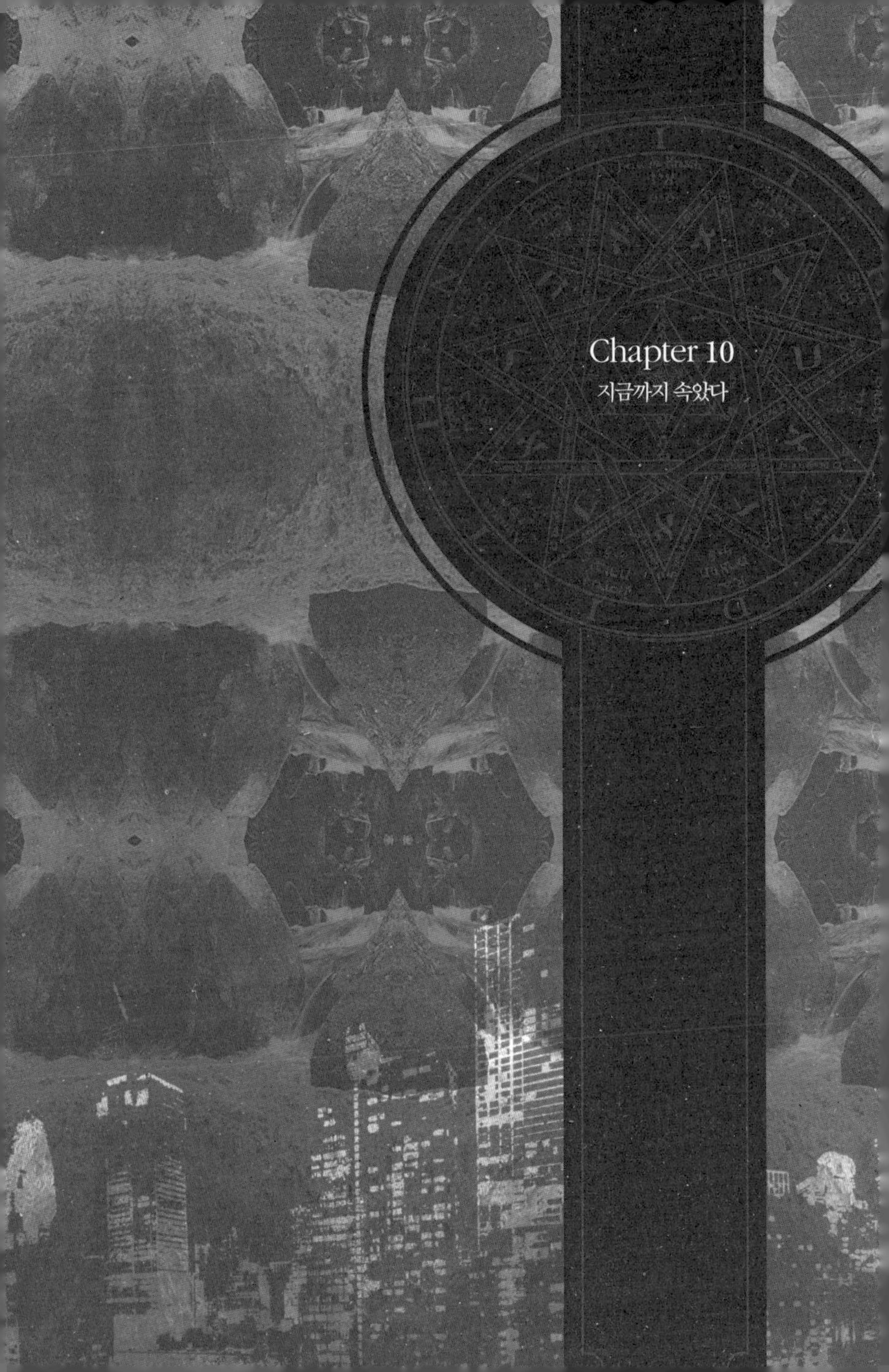
Chapter 10
지금까지 속았다

　　순간 보라색 녀석은 자신과 베이스퍼의 눈이 마주치자 뭔가 잘못되었다고 느꼈다.

　　스걱!!

　　날카롭게 무언가 자신의 몸을 베고 지나갔다는 느낌을 받은 보라색 녀석은 이상하게 세상이 뒤집혀 보이기 시작했다.

　　거기다 마구 뱅뱅 돌기까지 했다.

　　턱.

　　데구르르르!

　　예전에 마리아가 스페츠나츠를 상대로 한 번 선보인 적이

있는 기술이기도 한 지금 기술은 발도술을 할 때 생기는 뒤쪽
의 약점을 커버하기 위해서 마리아가 생각해 낸 것이다.

물론 그때는 진압봉으로 사용해서 죽는 사람은 없었지만
베이스퍼는 달랐다.

그런데 그게 끝이 아니었다.

쩌억.

턱.

완전히 피한 줄 알았던 노란색의 목이 갑자기 흔들리더니
그대로 머리가 땅으로 떨어져 버린 것이다.

[어떻게?! 완전히 피했는데!]

다른 마족들도 노란색 녀석이 확실하게 처음 발검을 피했
다고 생각했다.

그런데 허무하리만큼 간단하게 노란색 녀석까지 죽어버린
것이다.

털썩!

목이 떨어진 노란색 녀석의 몸은 잠시 비틀거리다가 뒤로
힘없이 넘어가 버렸다.

후다다닥!!

갑자기 노란색 녀석과 보라색 녀석이 동시에 죽어버리자
마족들은 자신도 모르게 베이스퍼의 곁에서 황급히 떨어졌
다.

[있을 수 없는 일이야.]

[인간의 손에 우리 형제가 이렇게 죽다니…….]

마계에서도 열 명의 형제가 모두 모이면 거칠 것이 없었다.

그런데 겨우 성검 하나 들고 있는 인간에게 벌써 세 명의 형제가 당했다는 것에 자신들도 모르게 겁을 먹어버린 것이다.

본래 떼로 몰려다니면서 힘을 과시해 온 이들은 베이스퍼가 무서웠다.

너무나 약한 인간이었다.

손만 뻗으면 생살을 찢고 피를 마실 수 있는 인간이었다. 하지만 그의 손에 성검이 들려 있을 뿐인데 입장이 완전 뒤바뀌었다.

그리고 그제야 마족 중에 검은색 녀석이 눈동자를 돌려 오리하르콘에 아직 남아 있는 인간을 바라봤다.

표정이 일그러졌다.

[후퇴한다.]

검은색 녀석이 결국 자신들이 불리하다고 느꼈는지 신호를 보내자 일순간 마족들이 사방으로 흩어지기 시작했다.

마계에서도 강한 적을 만나면 이렇게 흩어져서 목숨을 구했던 것이다.

사방으로 흩어지면 잠시 동안 적은 혼란이 오게 된다.

그럼 그 잠시의 시간이 바로 자신들에게는 목숨을 구할 수 있는 천금 같은 시간인 것이다.

[젠장!!]

하지만 이번에는 조금 달랐다.

베이스퍼는 일말의 망설임도 없이 검은색 녀석의 뒤를 따라 움직였다.

그리고 베이스퍼가 검은색 녀석을 따라서 움직이자 그동안 조용히 기다리던 백호연이 거의 한 마리의 비호와 같은 움직임으로 가장 가까이 있는 주황색 녀석을 쫓기 시작했다.

"나도 상대해 볼 만하겠군."

카이쇼 무사시도 자기에게 가까운 초록색의 녀석을 쫓아 움직였다.

마스터들이 순식간에 마족들을 쫓으며 사방으로 흩어졌다.

그중 알렉산드로는 쉽게 움직이지 않고 주변을 차분히 살폈다.

그는 방향과 거리를 가늠한 다음 권총을 꺼내 들고 말없이 나머지 녀석들을 조준했다.

천천히 방아쇠를 당겼다.

탕!

일반 총알이 발사되는 것과 별 차이 없는 모습이었지만 그

결과에는 현중도 놀랐다.

털썩!

알렉산드로가 겨누고 있던 남색 마족이 갑자기 쓰러지더니 더 이상 일어나지 못했다. 그리고 빠르게 다른 녀석들을 겨눈 알렉산드로는,

탕!

털썩!

탕!

털썩!

거의 순식간에 마족 셋을 처리해 버렸다.

그것도 모두 뒤통수 중앙을 명중시키는 헤드샷으로 말이다.

"후~!"

마치 서부영화의 총잡이처럼 나오지도 않는 연기를 입으로 부는 시늉을 하고는 허리춤에 권총을 다시 집어넣었다.

"대단하군요."

현중도 알렉산드로의 실력에 놀라서 감탄하자,

"하하하! 좀 노력했죠."

칭찬 받아서 기분이 좋은지 멋쩍게 머리를 긁적이는 알렉산드로였다.

사실 현중은 알렉산드로가 인첸트할 때 올려놓기에 수중

에 무기가 그것뿐이라서 그런 줄 알았다.

물론 그게 맞긴 했지만 결과적으로 알렉산드로의 무기 선택은 최고의 선택이 되어버린 웃지 못할 현실이었다.

결국 알렉산드로는 그토록 머리 싸매고 고생한 보상을 약간은 받은 셈이었다.

콰아아앙!!

기분 좋게 웃고 있던 알렉산드로는 갑자기 들리는 폭발음에 고개를 돌려보니 백호연이 자신의 기술 공폭으로 거의 넝마가 되어버린 마족을 손에 쥐고 흔들고 있는 모습이 보였다.

반대편을 보니 카이쇼도 약간은 고전하는 듯 보였지만 빠르게 파고들어 베면서 지나가는 모습이 보였다.

턱!

그리고 마족의 목이 떨어지는 것을 보니 처리한 것처럼 보였다.

이제 남은 것은 베이스퍼가 쫓고 있는 검은색 녀석과 남은 한 놈이었다.

[젠장!!]

검은 녀석은 빠르게 도망치다가 갑자기 자신을 가로막은 투명한 막에 막혀서 더 이상 도망치지 못하고 있었다.

거기다 비슷한 방향으로 동시에 도망가던 파란색 녀석도 자신과 똑같이 막혔는지 발을 동동 구르는 모습에 검은색 녀석은 결국 도망치는 것을 포기했다.

살아 있는 동료가 단둘뿐이라는 것까지 확인하게 되자 녀석은 놀라면서도 긴장하기 시작했다.

[어떻게… 인간이… 인간의 손에… 말도 안 돼.]

턱!

더 이상 도망가기를 포기하고 멈춘 검은색 녀석의 모습이 베이스퍼는 이상했지만 오히려 지금 이 상황은 환영이었다.

거기다,

훌쩍!

한 번의 점프로 검은색 녀석에게 합류한 파란색 녀석도 긴장한 표정은 마찬가지였다.

"둘만 남았군."

베이스퍼는 뒤를 돌아보지 않아도 방금 수류탄이 터지는 듯한 소리만으로도 대충 짐작이 되었다.

자신의 성검과 같은 무기인 권갑과 견갑을 가지고 있는 백호연의 공폭을 마족이 견뎌낼 리가 없다고 확신한 것이다.

그 짐작이 맞기라도 한 듯 백호연은 마족을 쥐고 흔들다가 결국 비실비실거리자,

"뭐 마족이 이리 약해? 젠장!"

뭔가 대단한 것을 기대했던 모양인지 실망감이 가득한 표정으로 잠시 마족을 바라보다가 주먹을 강하게 움켜쥐더니,

펑!!

그대로 주먹을 휘둘러 마족의 머리통을 흔적도 없이 날려 버렸다.

머리를 찾을 수 없게 된 마족의 몸뚱이는 귀찮다는 듯 저 멀리 던져 버렸다.

사실 백호연이 생각하는 것만큼 마족은 약하지 않았다.

반대로 처음에 베이스퍼가 아니라 백호연이 녀석들에게 달려들었다면 아마 심하게 고전했을 것이다.

그만큼 열 명의 마족은 서로 오랫동안 손발을 맞춰왔고 호흡이 잘 맞아 각자의 특성을 살린 공격에 특화되어 있었다.

즉, 열 명이 함께 동시에 공격했다면 아무리 베이스퍼라도 목숨이 위험했을지도 모른다는 것이다.

하지만 베이스퍼는 뜻하지 않게 붉은 녀석을 자극해서 먼저 죽여 버리게 되면서 좋은 쪽으로 흐름이 바뀌었고, 마족에게는 최악의 상황으로 흘러가게 되었다.

그걸 알 리 없는 백호연은 그저 마족이 생각보다 약하다고 생각할 뿐이었다.

"기분이 어떻지? 인간에게 농락당하는 기분이 말이야. 크크큭!"

베이스퍼가 잔인하게 웃으면서 검은색 마족과 파란색 마족을 바라보자 처음과 달리 마족들은 웃을 수가 없었다.

이건 강해도 너무나 강했다.

거기다 처음 노란색 마족을 어떻게 죽였는지 아직 모르고 있기에 지금 검은색 마족은 섣불리 달려들지도 못했다.

분명히 검의 간격에서 완벽하게 벗어났던 노란색 마족이다.

하지만 결과는 깨끗하게 목이 잘려 죽었다.

[인간, 너의 복수는 끝나지 않았나?]

검은색 마족은 노란색 마족을 지독히도 노려보던 베이스퍼의 눈빛을 생각해 내고는 슬쩍 말을 시켰다.

하지만 베이스퍼는 오히려 입가에 미소를 띠었다.

"아직 둘이 남았지. 너하고 너."

손가락으로 정확하게 검은색 녀석과 파란색 녀석을 지목하자 둘 다 동시에 똥 씹은 듯 표정이 일그러졌다.

[젠장, 선택의 여지가 없군.]

검은색 마족도 어쩔 수 없다고 판단했는지 온몸에 마력을 끌어 올리자 순식간에 마기가 들끓기 시작했다.

이렇게까지 몰린 이상 검은색 마족과 파란색 마족도 선택의 여지가 없었다.

어차피 이곳에 갇혀서 나가지도 못하는 상황이니 이럴 바엔 베이스퍼와 같이 죽겠다는 심정으로 마기의 근원인 마원진기(魔元眞氣)까지 뽑아내 완전 죽기 살기로 힘을 모으기 시작했다.

"……."

베이스퍼도 그런 녀석들의 모습을 눈치챘는지,

"하압!!"

고요하게 가라앉혔던 마나를 끌어 올렸다.

마치 마나와 마기가 서로 경쟁하듯 뿜어져 나오기 시작했다.

주변의 마나와 마기까지 끌어당겨 충돌하자 그로 인해 생기는 스파크로 어지러울 지경이었다.

[크크큭, 그래, 우리는 어차피 죽겠지. 하지만…….]

검은 녀석이 슬쩍 옆에 파란 녀석을 보자,

[너도 함께 죽는다.]

이판사판으로 베이스퍼와 함께 죽기로 작정했는지 갑자기 파란 녀석이 베이스퍼 뒤로 움직였다.

그러자 베이스퍼도 자신의 카타나를 검집에 다시 집어넣으면서 조금 전 노란색 녀석을 죽였을 때와 같은 자세를 취했다.

지금 검은색 녀석은 잔머리를 굴리는 중이었다.

조금 전에 노란색 녀석이 죽은 것은 어쩌면 뒤로 물러나려고 했기 때문일지도 모른다고 판단한 것이다.

확실한 근거는 없지만 지금의 상황에 검은색 녀석은 도박을 할 수밖에 없었다.

거기다 노란색 녀석의 베어진 부분도 어느 정도 지금의 생각을 뒷받침해 주고 있었다.

오히려 베이스퍼가 발검을 할 때 안으로 파고들기로 한 것이다.

물론 그냥 파고들진 않을 것이다. 갑자기 몸을 숙여서 품으로 파고들 생각이었다.

키이이익.

그리고 자신의 날카로운 손톱으로 그 심장을 후벼 파버릴 작정이었다.

아니, 자신이 실패해도 뒤에 남은 파란색 형제가 목을 뜯어 버릴 것이기에 베이스퍼를 죽인다는 것에는 한 치의 의심도 없었다.

그때 천천히 걸어서 베이스퍼의 곁으로 걸어가던 백호연의 눈앞에 보라색 몸뚱이가 보였다.

"쳇, 내가 상대했어야 하는데."

너무 쉬웠다는 생각에 다른 녀석들은 어떻게 죽였는지 궁금해서 다가왔다가 보라색 녀석의 몸뚱이가 보이기에 백호연은 아무 생각 없이 발로 툭 쳤다.

쩌억!

"……?"

백호연은 발끝으로 톡 하고 건드렸을 뿐이다.

그런데 갑자기 보라색 녀석의 가슴과 허리가 깨끗하게 떨어져 버렸다.

"어르신 솜씨인가? 대단하군."

백호연은 그냥 그러려니 했다. 그리고 바로 몇 걸음 뒤에 노란색 녀석의 몸뚱이가 있자 혹시나 해서 이것도 발로 툭 건드렸다.

쩌억!!

그러자 역시나 가슴과 허리가 깨끗하게 잘린 채 떨어져 버렸다.

그제야 백호연은 어떻게 된 건지 대충 이해가 되었다.

"어르신, 강해. 어떻게 발검하면서 앞과 뒤를 향해 정확하게 세 번씩 발검할 수 있는 건지……."

그렇다.

베이스퍼는 노란색 녀석과 보라색 녀석의 목만 자른 게 아니었던 것이다.

그 시각 검은색 녀석이 베이스퍼를 향해 움직였다.

[카악!!]

마치 짐승이 울부짖는 것 같은 괴성을 지르면서 달려들었다.

베이스퍼의 검집에서도 빛이 뿜어져 나왔다.

스팟!!

눈이 부실 만큼 강렬한 빛이 폭발했다. 그 순간 검은색 녀석은 바로 몸을 웅크렸다.

[됐다!]

머리 위로 무언가 지나가는 느낌을 받은 것이다.

확실하게 베이스퍼의 발검을 피했다고 생각한 검은색 녀석이 자신의 손톱을 힘껏 내질렀다.

아니, 내지르려고 했다. 그런데 어찌 된 것인지 몸이 말을 듣지 않는 것이다.

[뭐야, 이거?]

뭔가 잘못되었다고 생각할 무렵 베이스퍼의 등이 보였다.

그리고 허공에 떠오른 파란색 녀석의 머리가 보였다.

[뭔가 잘못된 거야. 이럴 수는…….]

쩌억.

턱.

데구루루.

[왜 이래? 왜 세상이 거꾸로 보이지?]

검은색 녀석은 웅크리면서 손톱을 뻗을 준비를 한 채 멈춰 버린 자신의 몸을 볼 수 있었다.

그리고 가슴과 다리가 잘려서 바닥에 뒹구는 것까지 확인했다.

[······.]

그제야 검은색 녀석은 알게 된 것이다.

녀석은 이미 뒤로 피할 때 목이 잘린 것이다. 거기다 목만 아니라 가슴과 허리까지 잘려 있었다.

그리고 그걸 가까이 있던 마족 누구도 보지 못했던 것이다.

[크크큭, 인간은… 강하군.]

그 말을 끝으로 검은색 녀석의 머리에서는 더 이상의 마기가 느껴지지 않았다.

"…이제 끝인가."

베이스퍼는 원수는 외나무다리에서 만난다는 말이 과연 맞는 말일지도 모른다고 다시 생각하게 되었다.

그토록 찾아 헤맬 때는 녀석들의 흔적조차 찾을 수가 없었는데 현중과 기다리고 있으니 제 발로 찾아온 것이다.

저벅저벅.

사랑하던 제자의 죽음에 복수를 했지만 뭔가 가슴이 허전한 것이 오히려 기분이 이상했다.

복수를 하고 나면 기분이 통쾌하거나 후련할 줄 알았는데 전혀 그렇지 않은 것이다.

"결국 죽은 사람은 살아 돌아오지 않으니……."

죽은 자는 그 어떠한 경우에도 다시 살아날 수 없었다. 다만 현중의 경우, 죽음 자체가 하나의 신이 미리 짜놓은 과정

중에 하나였기에 예외였다.

지금 베이스퍼가 느끼는 이 허전하면서도 허무한 기분은 바로 그것 때문이었다.

복수는 했지만 죽은 제자가 다시 살아 돌아오는 것은 아니기 때문이다.

자신을 구하기 위해 목숨을 던진 제자의 얼굴은 아마 죽을 때까지 잊지 못할 것이다.

"어르신, 수고하셨습니다."

백호연이 슬쩍 인사를 건네자 베이스퍼는 조용히 미소만 지었다.

"바보 같은 녀석들 같으니라고."

모든 상황이 끝나고 우선 피비린내를 날려 버리기 위해 테른이 실드를 해제하자 멀리서 본 상황은 처참했다.

머리가 똑바로 붙어서 죽은 시체가 하나도 없을 정도였으니 말이다.

그런데 그런 모습을 조금 떨어진 언덕에서 바라보고 있는 어린 소녀가 있었다.

금발에 나이는 겨우 열서너 살 정도 되어 보이는 아직 앳된 소녀였다.

하지만 그녀의 입에서 나온 말은,

"병신 같은 것들, 내가 그만큼 지원을 해줬는데도……. 뭐, 하지만 내 예상을 벗어난 움직임인데, 김현중. 크크크크큭."

소녀의 눈동자는 똑바로 현중을 바라보고 있었다.

그 순간 현중도 뭔가 이상한 느낌에 고개를 들다가 소녀와 시선이 마주쳤다.

그런데 현중의 표정이 이상하게 변하더니 딱딱하게 굳어 버리기까지 했다.

"레이스……."

현중과 눈이 마주친 저 언덕 위의 소녀는 바로 레이스였다.

휙!

현중은 서둘러 자신의 엡솔루트 실드 안을 확인했다.

그런데 실드 안에는 레이스가 여전히 메로우와 같이 있는 것이 아닌가?

"……!"

레이스의 안전을 확인한 뒤 다시 현중이 고개를 들어 바라보자 놀랍게도 레이스와 똑같이 생긴 소녀가 현중을 똑바로 바라보면서 웃고 있었다.

"말도 안 돼, 저건."

현중도 이런 상황은 전혀 예상하지 못했기에 멍한 모습으로 레이스를 다시 바라봤다.

"왜 그래, 현중?"

레이스는 핏기가 가신 듯한 해쓱한 얼굴로 자신을 자꾸 쳐다보는 현중의 모습이 이상해서 물어봤지만 현중은 대답하지 못했다.

대신 천천히 시선을 돌려 저 멀리 언덕 위로 고정시켰다.

씨익~

현중은 똑똑히 보았다. 레이스와 똑같은 소녀의 입가에 미소가 번지는 것을 말이다.

그런데 그 미소가 너무나도 낯익었다.

"카… 일… 라… 제!!"

소녀의 미소를 보는 순간 현중은 자신도 모르게 크게 소리치면서,

펄럭!!

등에 마나의 날개가 갑자기 솟아나더니,

"카일라제!! 너!!"

쾅!!

엄청난 충격파를 남기고 현중이 날아오르더니 저 멀리 언덕을 향해 미친 듯이 날아가는 게 아닌가?

"현중 군이 왜 저러는 건가?"

백련교의 시체를 처리하던 다른 일행은 현중의 돌발 행동에 어리둥절했다.

하지만 마리아는 현중의 옆에 있었기에 똑똑히 들을 수 있

었다.

현중이 마지막에 소리치던 말을 말이다.

"스승님!"

마리아는 서둘러 베이스퍼에게 다가가더니,

"현중 씨가!! 현중 씨가!!"

얼마나 놀랐는지 마리아의 얼굴에서는 핏기를 찾아보기 힘들었다.

"왜 그러느냐? 침착하게, 마음을 가라앉혀라."

베이스퍼는 지금까지 마리아가 이렇게까지 당황하는 모습을 본 적이 없었기에 우선 마리아가 놀라지 않게 진정시켰다.

"스승님, 현중 씨가… 말했어요. 방금… 날아가기 전에… 카일라제라고…….'

"……!"

마리아의 말을 들은 베이스퍼는 순간 온몸이 굳어버리는 느낌과 함께 현중이 날아간 방향으로 고개를 돌렸다.

현중은 언덕에 거의 도착한 상태였다.

"카일라제라면… 지구에 강림하려고 한다는 그… 신……."

이미 사정을 다 들었기에 베이스퍼는 굳은 얼굴로 우선 현중을 바라보았다.

한편 이런 사정을 알 리 없는 현중은 그대로 날아와 언덕에 내려서서 자신의 눈앞에 있는 소녀를 보았다.

완전 레이스와 똑같은 얼굴에 무엇 하나 다른 게 없었다.

그리고 지금 소녀의 모습을 보고서야 한 가지 스치는 게 있었는데,

"쌍둥이였나?"

세상에 레이스와 머리카락의 모양부터 얼굴의 생김새를 비롯해 모든 것이 똑같고 나이와 키까지 똑같은 사람이 있을 가능성은 오직 하나뿐이었다.

"딩동!"

레이스와 똑같은 얼굴의 소녀, 아니, 이제는 다른 이름으로 불러야 할 것이다.

"카일라제… 네놈… 설마……."

현중은 지금 카일라제의 모습을 보고는 온몸에 소름이 돋았다. 그리고 순식간에 머릿속에 수만 가지 생각이 떠올랐다 사라졌다.

그러는 사이에 수많은 퍼즐이 저절로 맞춰지면서 떠오르는 하나의 가능성이 있었다.

"너… 설마 이미… 레이스의 쌍둥이 몸에 강림해 있었단 말이냐!!"

그렇다.

지금의 상황을 보면 한 가지 추측밖에 떠오르지 않는 현중

이었다.

이미 레이스의 쌍둥이에게서 신성력 외에는 느껴지는 게 없었다.

그렇다면 어릴 때부터, 아니, 어쩌면 아주 갓난아기일 때부터 카일라제는 지금 눈앞에 보이는 소녀의 몸에 들어가 있었다는 것이다.

그리고 쌍둥이의 존재를 숨겼을 것이다.

아니, 출산 중에 죽었다거나 여러 가지 방법은 많다.

카일라제라면 얼마든지 가능했다.

그리고 자신이 강림한 인간의 몸이 자라서 자신이 능력을 발휘할 수 있을 때까지 계속 기다렸을 것이다.

"저번에… 내 앞에 모습을 드러낸 것은… 계획적이었군."

사막에서 성인 여자의 몸을 빌려 현중 앞에 잠깐 모습을 드러낸 것은 한마디로 쇼였다.

자신이 이미 강림해 있다는 사실을 철저하게 숨기기 위해서 일부러 모습을 드러내 아직 지구에 자신이 없다고 믿게 하기 위해서 말이다.

"맞아, 김현중. 크크크큭."

"백련교도… 너의 짓이겠군."

현중은 무섭게 노려보면서 말하고 있지만 카일라제는 표정의 변화조차 없었다.

그러면서 손가락을 하나 살짝 세우더니,

"정~ 답~!"

마치 어린애가 장난치듯 대답하고 있는 것이다.

그런 카일라제의 모습에 결국 분노가 폭발한 현중은,

"네놈은!! 도대체 얼마나!! 인간을 가지고 놀아야 만족하느냔 말이다!!"

쾅!!

머리의 뚜껑이 열리기 직전까지 몰린 현중의 감정이 폭발하자 마나도 덩달아 폭주하기 시작했다.

그대로 주먹을 들어 카일라제의 머리통을 깨부숴 버릴 작정으로 휘둘렀다.

하지만,

멈칫.

거의 다 닿을 무렵 현중의 주먹은 멈춰 버렸다.

"역시… 크크큭, 예상대로네."

자신의 바로 머리 위에서 현중의 주먹이 멈추는 것을 확인한 카일라제는 오히려 웃으면서 자신의 손가락을 들어 현중의 주먹을 천천히 밀어내기까지 했다.

"역시 넌 바보였어, 김현중."

"네놈!! 네놈!!"

자신의 주먹이 거기서 멈췄다는 것에 스스로도 화가 나는

지 더욱 현중의 마나가 폭주하기 시작하자,

쩌어억!!

현중이 서 있는 발밑을 중심으로 사방으로 땅이 갈라지기 시작했다.

마치 대륙이 갈라지듯 지진이 사방으로 뻗어 나가는 것이다.

"흥분하면 몸에 안 좋아. 인간의 몸으로 그 힘을 감당할 수 없을 테니 말이야."

정확하게 지금 현중의 상태를 간파한 카일라제의 말에 현중은 결국 억지로라도 분노를 가라앉혀야 했다.

여기서 자신이 폭주해 봐야 결국 손해 보는 것은 현중 본인이니 말이다.

"…왜 이제야 모습을 드러냈지? 아니, 반대인가? 왜 벌써 모습을 드러냈지?"

현중의 예상대로라면 카일라제는 아직 조금 더 기다려야 했다.

레이스와 같은 날 태어난 쌍둥이라면 아직 시간이 더 필요하다고 판단했기 때문이다.

즉, 현재 카일라제는 현중의 판단보다 일찍 모습을 드러낸 것이다.

"궁금해서 말이야."

“궁금해? 대륙에서 주신의 자리에 올라 있던 네놈이 궁금한 것도 있나?”

현중은 한껏 비꼬듯 말했지만 카일라제는 아무런 상관도 없는 듯 현중을 똑바로 바라보면서,

“왜 포기했지?”

“뭘 말이냐?”

“신이 되는 선택에서 왜 신을 포기했는지 궁금해서 왔어.”

마치 옆집에 사는 친구한테 궁금한 게 있어서 물어보러 온 듯 천진한 모습이었지만 현중은 저 천진한 표정 뒤에 숨어 있는 잔인함을 너무나 잘 알고 있었다.

“이런, 알려주지 못할 만큼 비밀인가?”

카일라제는 오히려 현중의 심기를 일부러 건드리기라도 하려는 듯 장난스럽게 말했다.

“알고 싶나?”

현중은 천천히 허리를 숙여 레이스와 똑같은 모습을 하고 있는 카일라제를 똑바로 바라봤다.

“신이 되면 너를 죽이지 못하니까 관뒀다. 포기한 게 아니라 내가 관둔 거다.”

“크크큭, 너 정말… 재미있다. 크크큭.”

현중의 대답을 들은 카일라제는 뭐가 그리 우스운지 배를

잡고 웃기 시작했고, 현중은 그런 카일라제를 노려보기만
했다.

뚝!

그러다 갑자기 웃음을 멈춘 카일라제는 현중을 똑바로 바
라보면서,

"신이 되는 기회를 잡기가 얼마나 힘든지 알고 있어? 거기
다 이미 너 스스로 거부했으니 다시는 신이 되는 기회를 부여
받지 못한다는 것도 알고 있어?"

"알고 있다."

현중은 카일라제에게서 시선을 떼기는커녕 눈도 깜빡거리
지 않고 오로지 노려보고만 있었다.

"너 정말 바보구나? 신이 되면, 네가 이곳의 주신이 되면
나는 저절로 쫓겨날 텐데 말이야. 그리고 네가 그렇게 지키려
고 하는 지구도 지키고 덤으로 마음대로 지구를 주무를 수도
있고 말이야."

카일라제는 지극히 자기중심적인 사고의 소유자였다.

하지만 현중도 그런 면에서는 결코 카일라제 못지않았
다.

"지구가 어떻게 되든 상관없다. 난 오로지……"

현중은 말을 잠시 끊고 다시 일어섰다. 자신의 등에 마나의
날개를 활짝 펼치면서,

“너만 죽이면 돼 “

“크크큭, 역시 넌 재미있어. 내가 인간 하나는 잘 고른 것 같아, 정말. 크크큭.”

너무나 대조적인 현중과 카일라제의 모습이었다.

“그럼 지금 붙을래? 내가 제 발로 찾아왔잖아.”

오히려 카일라제는 현중을 도발했다.

하지만 현중은 고개를 저으면서,

“내가 모를 거라 생각했나 보지? 지금 그 모습이 진짜가 아니란 것을?”

“키키킥, 역시 들켜 버렸네.”

장난치듯 웃으면서 깡충깡충 뛰기 시작한 카일라제는 현중을 슬쩍 바라보더니,

“그리 멀지 않았어. 이 지구를 걸고 너와 내가 한번 겨뤄보는 것도 정말 재미있을 것 같단 말이야. 하지만 뭐… 그전에 나를 찾아봐.”

라고 말하더니 순식간에 카일라제의 몸이 흙빛으로 변해 버렸고, 곧 산산이 부서져 내리기 시작했다.

“젠장! 카일라제 네놈은 끝까지 나를 가지고 놀려고 하는구나!!”

쾅!!

역시나 억눌렀던 분노가 카일라제가 사라지면서 다시 터

져 나왔다.

그리고 그날 현중이 분노를 폭발한 그 시각에 지구에는 이
례적으로 전 대륙에서 지진이 감지되었다고 한다.

『현중 귀환록』 13권에 계속…

이제부터 전자책은 이젠북

www.ezenbook.co.kr

세상을 보는 또 하나의 창!
이젠북(ezenbook)!
지금 클릭하세요!

검색창에 이젠북 을 쳐보세요! ▾ Q

만능서생